조선시대 한글편지 에세이

일백 권에 쓴다 한들

조선시대 한글편지 에세이

일백 권에 쓴다 한들

노경자

역락

2008년 가을, 필자는 대학원에서 흘림체로 쓰인 한글편지 판독문을 처음 접했을 때의 신선한 충격을 지금도 잊지 못한 다. 분명 한글이지만 해독이 쉽지 않았다. 편지 한 장을 해독하 기 위해 일주일이란 시간을 투자할 정도였다. 얼마 후 연구소 와 여러 연구자께서 판독문을 번역하여 세상에 내놓으셨다. 덕 분에 조선시대의 편지를 살펴볼 수 있는 행운을 얻었다. 편지 는 대체로 부모·자식, 형제자매, 친인척, 사돈, 부부, 친구 등 다양한 사람들끼리 주고받았다는 것을 알 수 있었다. 특히 왕 실에서부터 서민에 이르기까지 전통적인 가족의 모습이 고스 란히 편지에 담겨 있다.

수백 편의 편지를 살펴보는 과정에서 조선시대에 살았던 사람들은 어떤 식으로 의사소통을 하고 교유했는지 궁금해졌 다. 의사소통이란 자기 생각과 뜻을 상대방과 서로 나누며 잘 통하는 것을 말한다. 편지는 실생활에서 일어나는 일들을 화자 인 발신자가 청자인 수신자에게 자신의 의사를 직접 전달하는 수단으로, 당대 언어생활의 생생한 모습과 일상생활에서 느끼는 감정 및 정서가 잘 반영되어 있다.

일반적으로 사람은 절박한 외로움과 고통의 무게에 짓눌려 있을 때 자신과 소통할 수 있는 매개체를 찾는다. 매개체 중 하나인 편지는 서술자의 체험을 직접적으로 드러내는 것이 특징이다. 서술자의 살아있는 열린 언어로 생생한 현실감과 감동을 맛볼 수 있게 해준다. 화자의 진솔하고도 인간적인 모습, 거짓 없는 솔직한 고백은 상대방에게 그대로 전달되어 이해를 유도하고 공감대를 형성하게 한다.

때로는 안부만 전하는 그저 소소한 이야기일지라도 행복을 느낄 수 있다. 편지를 쓰는 그 순간만큼 오로지 나를 생각했을 상대방이 있다는 것만으로 그 사람의 진심이 고스란히 전해지기 때문이다. 나와 너의 소통의 공간, 그 공간으로 발을 디딘 우리는 무엇을 듣고 느낄까.

문학이란 우리가 가지는 생각과 감정을 언어라는 매개물을 이용하여 표현하는 언어 예술이다. 편지 또한 생활의 현실을 진실하게 반영하며 개인의 감정이 솔직하게 표현되어 있다. 게다가 내재된 감정을 분출하는 과정에서 진정한 감정정화가 일어난다.

감사하게도 한글을 매개체로 이용한 편지를 선조들이 남겨준 덕분에 삶의 다양한 모습과 인간의 내면을 살펴볼 수 있었다. 필자는 이 자리를 빌려 선조들의 이야기를 들을 기회를 주신 세종대왕과 한글 창제를 함께한 학자들에게 먼저 감사를 드린다. 그리고 지금까지 하고 싶은 것만 하는 아내를 한결같이 지지해준 오랜 친구 같은 옆지기와 늘 엄마가 멋있고 예쁘다고 말해 주는 숲과 아이레에게 사랑과 고마움을 전한다.

　끝으로 조선은 남존여비, 칠거지악, 여필종부 등의 유교 사회였지만, 모든 사람에게 해당되지 않았다. 제도화된 예속과 도리, 법칙 등에 따라 살아간 사람이 있는 반면에 주체적으로 살아가고자 한 사람도 있었다. 선조들의 다양하고 수많은 삶의 이야기를 통해 어떻게 인생을 살아가야 할지, 무엇을 할 수 있을지에 대해 알 수 있다면 조금은 세상을 이해하며 살아갈 수 있지 않을까 라는 작은 소망으로 글문을 열어본다.

2부 편지 속 왕실 이야기

1부

편지 속에 담긴
조선 사람들의
이야기

1장
별뉘처럼 오신 당신

어느 날 자신의 삶 속으로 들어오는 사람이 있었다. 자아를 의식하지 못한 채 살아가는 삶 속으로 다른 누군가가 찾아왔다. 그는 조각 난 퍼즐에 꼭 있어야만 하는 하나의 조각으로 와서 완전한 나를 찾아 주는 타자다. 그래서인지 부부가 오래 살다 보면 닮는다고 한다. 들뢰즈는 '타자는 가능 세계라면 나는 과거의 한 세계이다. 우리는 사랑할 때만 타자의 낯섦과 가능 세계를 받아들이고 변할 수 있다'라고 하였다. 선조들의 편지에 나타나는 다양한 부부의 모습을 통해 오늘날 부부의 모습을 되돌아볼 수 있지 않을까.

1. 삶의 경계를 넘어버린 남편에게

400여 년 전, 한 여인이 죽은 남편을 위해 빗으로 곱게 쓸어내린 머리카락을 잘라 신발을 만들고 있었다. 미투리 한 켤레! 그리고 떠나는 남편을 위해 이별의 편지를 쓴다. 아니다. 이별이 아니라 만남을 기약하는 편지다.

원이 아버지께 올립니다.
당신이 늘 나에게 말씀하시길 "둘이 머리가 세도록 살다가 함께 죽자" 하시더니 어찌하여 나를 두고 당신은 먼저 가십니까? 나하고 자식은 누가 거두어 어떻게 살라 하고 다 던지고 당신만 먼저 가십니까? 당신이 나를 향해 마음을 어찌 가지며 나는 당신을 향해 마음을 어찌 가졌습니까? 매양 당신에게 내가 한곳에 누워서 "이 보소, 남도 우리같이 서로 어여삐 여기며 사랑할까요? 남도 우리와 같을까요?" 하며 당신에게 말씀드렸더니, 어찌 그런 일을 생각지 아니하여 나를 버리고 먼저 가십니까? 당신을 여의고 아무래도 내가 살 힘이 없어 곧 당신에게 가고자 하니 나를 데리고 가세요. 당신을 향한 마음을 이 세상에서는 잊을 수가 없어 아무래도 서러운 뜻이 끝이 없으니 이내 마음을 어디에다 두고 자식들 데리고 당신을 그리며 살까요? 이내 편지를 보시고 내

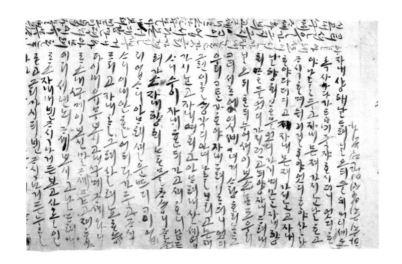

원이엄마 편지(출처: 국립안동대학교 박물관)

꿈에 자세히 와서 말씀해 주세요. 내가 꿈에 보신 말씀 자세
히 듣고자 하여 이리 써서 넣습니다. 자세히 보시고 나에게
말씀해 주세요. (…) 나는 꿈에서 당신을 보리라 믿고 있습니
다. 몰래 보세요. 하도 그지그지 없어 이만 적습니다. 병술년
유월 초하룻날 집에서

<이응태 묘, 1586, 원이 어머니가 원이 아버지(이응태)에게>

세상에 태어나는 순간부터 죽음을 피할 수 없는 생자필멸
(生者必滅)과 제행무상(諸行無常)을 절감하며 사는 것이 인간의
삶이다. 그렇기에 죽음은 우리에게 이승과 저승으로 나누어짐
에 따라 슬픔과 무상함을 깨닫게 할 뿐만 아니라 불안과 두려

움을 갖게 한다.

1998년 안동 정하동 택지개발 중에 무덤에서 40여 벌의 의복과 미투리 한 켤레, 편지 등이 발견되었다. '원이 아버지께 올립니다'라고 시작되는 편지는 원이 어머니가 쓴 것이었다. 1586년 고성이씨 이응태(李應台, 1556~1586)는 서른한 살의 젊은 나이에 젊은 아내와 자식을 두고 병으로 세상을 떠났다. 평소 부부의 정이 각별했던 그들이었기에 아내는 처절한 그리움과 애틋한 사랑의 표시로 미투리 한 켤레와 편지를 남편의 관에 넣었다.

여인은 바람에 흔들리는 호롱불 아래에 놓인 한지를 오래도록 내려다보고 있었다. 금방이라도 그렁그렁 고인 눈물이 흘러내릴 것 같은 여인이 마침내 먹물에 붓을 담갔다.

"둘이 머리가 세도록 살다가 함께 죽자고 하시더니 어찌하여 나를 두고 당신은 먼저 가십니까? 나하고 자식들은 누가 거두어 어떻게 살라고 다 던지고 당신만 먼저 가십니까?"

원망의 말이 먼저 나와버렸다. 하지만 너무나도 남편이 그립다. 함께 누워 나누던 말 한마디 한마디가 생각난다.

"남도 우리같이 서로 어여삐 여기며 사랑할까요? 남도 우리와 같을까요?"

그렇게 사랑하며 자식을 낳아 잘 살자고 하더니 병으로 먼저 떠나간 남편이 그저 야속하기만 하다. 그러나 그것도 잠시, 어머니를 바라보는 어린아이의 초롱초롱한 눈망울과 뱃속 아이의 발길질이 여인을 뒤흔든다.

'아, 어쩌란 말이냐?'

여인은 남편을 잊을 수가 없다. 서러운 마음이 복받쳐 올라 흘러내리는 눈물이 바닥에 홍건히 고였다. 자식들을 데리고 살아갈 자신도 없다. 그래서 죽은 남편에게 살아야 할 이유를 물어보고 싶다. 아내는 자신의 편지를 꿈에 와서 보고 자세히 말해달라고 한다. "나는 꿈에서 당신을 보리라 믿고 있습니다"라며 또 한 번 남편을 보고자 하는 의지를 드러낸다. 꿈속에서라도 남편을 만나고 싶다는 그 여인은 과연 남편을 만났을까?

사랑하는 사람들은 어떻게든 만난다고 하였던가. 임진평 감독의 영화 <우리 만난 적이 있나요>는 '원이 엄마'의 편지를 모티브로 재구성한 영화이다. 비록 가상이지만 그들은 다시 만난다. 영화 속 여주인공 인우는 말한다.

"누군가를 진심으로 사랑하고 그리워하면 다음 세상에서는 그 사랑의 모습으로 다시 태어날 수 있다죠?"

늘 같은 꿈을 꾸는 인우! 긴 머리를 정성껏 빗고 있는 꿈속의 여인 곁에는 사랑하는 누군가가 있었다. 편지를 쓰며 조용히 눈물을 흘리는 저 여인은 대체 누굴까? 인우는 우연히 서울에 사는 사촌오빠 집에서 은교를 만나게 된다. 설렘도 잠시, 아픈 인우는 고향 안동으로 내려가게 된다. 5년의 세월이 흘렀다. 보고 싶어도 만날 수 없었던 그 남자, 은교는 평생교육원의 강사로 일하기 위해 안동으로 내려오면서 인우의 집에 머물게 된다.

은교 역시 늘 반복되는 꿈을 꾸었다. 은교는 꿈속에서 보았던 장소와 풍경이 바로 안동이라는 사실에 놀란다. 그러나 꿈속의 여인은 누굴까? 자신들의 꿈속에 나타나는 사람이 누구인지 모른다. 하지만 웬일인지 서로에게 끌리는 두 사람!

어느 날 둘은 박물관에 들르게 된다. 우연히 보게 된 미투리, 옷, 편지에 두 사람은 동시에 발걸음을 멈춘다. 낯설지 않은 것들, 꿈속에서 나타난 것들! 둘은 아주 오래전에 서로 사랑했던 사이였다는 것을 서서히 알게 된다. 그러나 은교는 인우를 만나러 오면서 교통사고를 당한다. 심장병을 앓아오던 인우는 의식불명의 상태에서 은교의 심장을 받아 살아난다. 은교가 죽어가는 그 순간, 모든 것이 선명해진다.

"나 역시 같은 꿈을 꾸었다면 믿을 수 있겠니? 잊을만하면 반복되는 그 꿈, 그 꿈이 무엇이었는지 왜 이제야 깨달았을까? 그 꿈이 무엇이었는지 그리고 꿈속의 그녀는 누구였는지, 아주 오래전에 한 여인이 누군가에게 쫓기고 있었지. 그 여인, 너를 꼭 빼닮은 그 여인! 바로 아주 오래전 나였어. 그래 맞아. 그 옛날 내가 바로 당신이었던 거야!"

아이를 낳고 남편을 생각하면 자신의 고통조차 기쁨이었지만 정작 남편의 고통 앞에서는 아무것도 할 수 없었던 여인!

그래서 400년이라는 시간이 흐른 후에야 지금 세상에 태어나 그 한을 풀었던 것일까?

한 남자와 한 여자가 만나 평생을 살아간다는 것, 그 자체는 녹록지 않다. 그것도 서로를 사랑하면서 오랜 시간을 함께 살아가는 것이 쉽지만은 않다. 우리나라 이혼율이 해마다 증가추세에 있는 것만 봐도 그렇고, 주위에 명목상 부부로만 사는 경우가 많은 것도 그렇다. 한평생을 함께 늙어가고, 죽어서는 한 무덤에 묻힌다는 해로동혈(偕老同穴)의 길은 멀고도 험하기만 하다.

먼 길 떠나는 남편이 아내에게

한 가지 병이 낫기를 더 바랄 것이 없어, 일만 가지 일이 모두 아니 다스려져 이루려던 계획이 구름같이 헛것으로 돌아가니 가히 탄식함을 이기랴? 내 죽게 됨으로써 한스러워만 하지 말고 능히 내 뜻을 이어 한 덩어리 살붙이 귀룡이를 보전하여, 이로써 내가 수습하지 못한 남은 일을 이으면 내 죽어도 눈을 감으리라. 부로골 논은 곧 내가 스스로 사들인 것이라 땅의 품질이 좋고 소출이 우리 집 두어 달 양식이나 될 것이니, 이 논이 실로 우리 집 한 귀퉁이를 막을 것이라. 대대로 종자, 종손이 이어받아 백 대에 이르기까지 가히 떼어 내지 못할 것이요, 궁골 논도 비록 내가 샀다 할지라도 또한 가히 떼어 내지 못할 것이니, 논이 곧 떼어져 나가면 그나마 다른 메마른 논밭들은 다 믿을 것이 없는 까닭이요.

그나마 놋점 논 오삼개 자리에 있는 것과 태장남 돌고래에 있는 밭은 있고 없음을 족히 말할 바가 아니며, 봄파일에 있는 새밭은 처가에서 받은 몫으로 산 것이니 자네 생전은 가히 스스로 하고 죽은 뒤에는 곧 종가의 소유물로 들어올 것이나 팔거나 떼어 내거나 할 것은 아니네. 내 뜻을 깊이 생각하여 따르면 어진 아내라 할 것이요. 한갓 죽은 나만 부르짖어 집안일을 돌보지 아니함은 곧 나의 바람이 아니로다.

<김성일가, 1765, 남편 김광찬이
아내 진성이씨에게 죽기 전 남긴 편지>

의성김씨 학봉 김성일의 28세손 김주국의 외아들 김광찬(金光燦, 1736~1765)이 30세 나이로 세상을 떠났다. 그는 죽기 직전에 힘겹게 편지를 썼다. 병이 깊어 얼마 남지 않았다는 것을 안 남편은 아내와 어린 자식이 눈에 밟힌다. 편지에 등장하는 '귀룡이'는 김광찬의 아들 김종수의 아명으로 당시 5살이었다. 김광찬은 아내와 자식을 위해 살아갈 방안을 마련해주고 죽어야만 마음이 놓일 것 같았다. 이에 재산 관리에 대해 구체적이고 꼼꼼하게 편지로 적어 아내에게 건네주었다. 자신이 직접 산 논은 집의 양식이 될 것이며 앞으로 자손에게 물려줄 땅이고, 처가에서 받은 몫으로 사들인 밭은 아내가 살아있을 동안은 아내 마음대로 하라고 한다. 아내가 친정에서 물려받은 재산으로 사들인 밭이기 때문에 밭의 권한을 전적으로 아내에게 일임한 것이다.

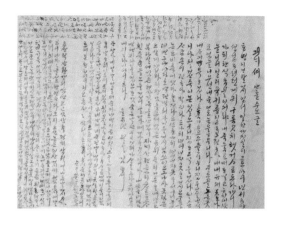

김광찬과 김주국의 편지(출처: 한국 기록유산 Encyves)

　　고려 시대는 남녀균등 상속제였다. 제사도 장남이 지내는 것이 아니라 아들, 딸 구분 없이 균등하게 차례대로 번갈아 제사를 지내는 윤회봉사 방식이었다. 그러나 조선이 건국되자 유교숭배 배불주의를 내세워 불교를 배척하고 유교를 정치·문화·사상의 지도적 이념으로 삼아 정치·사회 질서를 유교적인 체제로 전환했다. 이 과정에서 가부장적 체제가 깊이 뿌리박히기 시작하였고 남존여비 사상이 일상생활 곳곳에 스며들어 여성들이 많은 차별을 받았다.

　　17세기 이후 성리학적 질서가 정착되면서 부계 중심의 종법 질서가 확고해졌다. 오랫동안 유지해온 혼인풍습도 달라졌다. 신랑이 신붓집에서 혼례를 올린 후 1년 또는 그 이상을 처가에서 머무는 남귀여가(男歸女家)의 혼인방식이 친영(親迎)제도로 보편화되면서 혼인과 동시에 신부는 곧장 신랑 집으로 가서 생활하였다. 재산상속과 제사는 장자 중심이었고, 아들이 없을 때는 딸이 친정의 재산상속과 제사를 받드는 것이 아니라 양자를 입양하는 일이 일반화되었다. 나아가 성리학적 윤리를 강조하면서 여성의 이혼과 재혼을 금지하였고 여성의 정절을 중시하였다.

조선시대 여성 생활사 자료를 살펴보면 17세기까지 여성이 친정의 재산을 분배받고 윤회봉사에 참여하는 사례가 보인다. 하지만 18세기로 들어서면서 장자 중심으로 제사를 지내게 됨으로써 여성들은 재산을 적게 받거나 아예 재산상속에서 제외되기도 했다. 편지에는 아내가 친정에서 받은 돈으로 사들인 밭이 있는 걸로 봐서 18세기까지 딸들도 일정부분의 재산을 상속받았음을 확인할 수 있다.

어쨌든 남편은 1765년 2월 23일에 편지를 썼으며, 3월 6일에 세상을 떠났다. 5살밖에 되지 않는 아들과 자신이 죽은 후 슬픔에 젖어 집안일을 돌보지 않을 것 같은 아내를 남겨두고 어찌 눈을 감을 수 있었겠는가. 그는 편지라도 남겨두어야만 눈을 감을 수 있었을 것이다. 하지만 남편의 당부에도 불구하고 아내는 살 의지가 없었던 모양이다.

묵묵히 며느리를 지켜보고 있던 시아버지가 결국 며느리에게 편지를 적어 보낸다. 말로도 다 할 수 없었고, 감정이 복받칠 수 있었기 때문에 한집에 살면서도 편지를 적어 며느리에게 보낸 것이다. "맏이가 죽을 때에 조금도 틀림이 없던 유언이 하찮지 아니하거늘, 네가 또 죽기로 그리하겠노라고 하였으니, 어찌 그리 뒷날을 아니 생각하느냐?"라며 아들의 유언을 가볍게 여기지 말고 깊게 생각해보라며 한 번 더 며느리를 달랜다. 게다가 집의 존망이 며느리가 있고 없음에 달려 있으니 이를 널리 생각하고 죽은 아들의 뜻을 이루게 해달라며 간곡하게 며느리에게 부탁하였다.

가문을 유지하기 위해 아내, 며느리, 어머니로서 해야 할 역할과 의무를 해 달라는 시아버지의 간곡한 청에 며느리는 다시 일어설 수밖에 없었다. 덕분에 백여 편이 넘는 한글편지가 오늘날까지 전해져 올 수 있게 되었다.

2. 사랑 앞에 사나이의 체면 따위야

　　조선시대 양반사대부들은 가부장적이며 자신의 감정을 쉽게 내보이지 않았을 것만 같다. 그런데 추사 김정희(金正喜, 1786~1856)가 제주도 유배 당시 아내에게 보낸 편지를 보면 꼭 그런 것만은 아니었던 것 같다. 추사는 윤상도의 옥사에 연루되어 1840년부터 1848년까지 8년 3개월간 제주도에 유배되었다.

　　바람이 차가운 2월 어느 날, 필자는 제주도에 내려갈 일이 생겼다. 조용하고 한적한 동네 길을 걷다가 수선화가 핀 골목길과 맞닥뜨렸다. 그곳에서 추사를 만났고, 그가 유배 시절에 지냈던 집의 툇마루에 앉아 당시의 추사를 떠올려 볼 수 있었다. 육지가 아닌 곳, 험한 물살을 견디며 도착했던 섬, 차가운 바람만이 부는, 언어도 풍경도 낯선 바닷가. 모든 것이 낯설고 불편했던 그를 견딜 수 있게 했던 것은 무엇이었을까.

　　오늘 집에서 보낸 서신과 선물을 받았소. 당신이 봄날 내내 바느질했을 시원할 여름옷은 겨울에야 도착했고, 나는 당신의 마음을 걸치지도 못하고 손에 들고 서성이다가 머리맡에 병풍처럼 둘러놓았소. 당신이 먹지 않고 어렵게 구했을 귀한 반찬들은 곰팡이가 슬고 슬어 당신의 고운 이마를 떠올리게 하였소. 내 마음은 썩지 않는 당신 정성으로 가득 채워졌지만 그래도 못내 아쉬워 집 앞 붉은 동백 아래 거름 되라고 묻어주었소. 동백이 붉게 타오르는 이유는 당신 눈자위처럼 많이 울어서일 것이오. 내 마음에 찬 바람이 불기 시작하였고, 문을 열고 어둠 속을 바라보았고, 바다가 마당으로 몰려들어 나를 위로하려 하오. 섬에는 섬의 노래가 있소. 내일은 잘 휘어진 노송 한 그루 만나러 가난한 산책을 오래도록 즐기려 하오. 바람이 차오. 건강 조심하오.

<추사가, 김정희(남편) → 예안이씨(아내)>

아내가 자신을 위해 만든 여름옷이 겨울에 도착하고 말았다. 추사는 아내의 마음을 걸치지도 못하고 손에 들고 서성이다가 머리맡에 병풍처럼 둘러놓았다. 아내가 어렵게 구했을 귀한 음식도 오는 도중에 모두 곰팡이가 슬었다. 그는 마음에 아내의 정성을 꾹꾹 담아보지만 그래도 속상하고 아내에게 미안하기만 하다. 그래서 집 앞에 있는 붉은 동백나무 아래 거름이 되라고 묻었다. 정성과 사랑을 먹고 자란 동백나무는 붉게 피어날 것이고 추사는 그 꽃을 보면서 아내를 떠올릴 것이다. "동백이 붉게 타오르는 이유는 당신 눈자위처럼 많이 울어서일 것이오"라며 추사는 떨리는 손으로 꽃잎을 가만가만히 어루만지며 아내를 향한 그리움을 토해냈을 것이다.

평소에 건강이 좋지 않았던 아내를 곁에서 챙겨주고 싶지

김정희(金正喜) 언간(출처: 국립중앙박물관 소장)

만, 멀고도 먼 섬에서 추사가 해 줄 수 있는 것은 아무것도 없었다. 할 수 있는 것이라고는 편지를 쓰는 것뿐이었다. 추사가 아내에게 보낸 편지를 보면 아내의 건강을 걱정하는 내용이 많다. 추사는 속미음을 먹으라고 하거나 전에 처방대로 계속 복용해 보라는 등 아픈 아내를 걱정하는 지아비의 심정이 잘 담겨 있다. 그날도 그는 아내의 건강을 먼저 물어보며 자신의 근황과 아내에게 부탁할 내용을 적어 보냈다. 그러나 그의 편지는 아내가 읽을 수가 없었다. 아내가 죽은 줄도 몰랐던 그는 뒤늦게야 아내의 죽음을 전해 들을 수 있었고, 아내의 마지막 모습조차 볼 수도 없었다. 동백꽃이 붉게 타오르는 어느 저녁, 그는 시리도록 푸른 바닷길을 하염없이 걷고 걸었다. 털썩거리는 그의 어깨를 바람이 토닥토닥 두드려 주었고, 그가 창가에 심어 두었던 한 송이 수선화가 그를 위로했다. 대쪽 같기만 한 그였지만 아내 앞에서라면 사대부의 체면 따위는 훌훌 던져 버릴 수 있었다. 언젠가는 아내를 다시 만나서 못다 한 사랑을 나누리라 생각했다. 하지만 그의 소망은 하얀 물거품이 되어 파도에 실려 가버렸다.

권위적일 것 같은 조선시대의 남편과는 너무나 거리가 먼 추사의 인간적 모습을 떠올리는 동안 어둠이 자박자박 몰려왔다. 어느 날, 오늘처럼 불쑥 또 이곳에 찾아오리라 생각하며 노을 지는 바닷길로 발길을 돌렸다. 붉은 동백꽃이 물든 바다에 그들의 사랑이 타오르고 있었다.

분과 바늘을 사서 보냅니다.

현존하는 가장 오랜 시기에 작성된 한글편지로 대전시립
박물관에서 소장하고 있는 나신걸(1461~1524)이 쓴 편지가 있
다. 경성에서 군관(軍官) 생활을 하던 나신걸은 1490년 무렵 고
향인 충청도 회덕에 가지 못하는 안타까운 마음을 담아 부인
맹씨에게 편지를 보낸다.

> 논밭은 다 소작을 주고 농사는 짓지 마요. 봇논 모래 든 데
> 에 가래질하여 소작 주고, 절대 종의 말 듣고 농사짓지 마
> 요. 가래질할 때 기새 보고 도우라고 하시오. 가래질을 다
> 하고 순원이는 내보내요. 분과 바늘 여섯을 사서 보내요. 집
> 에도 다녀가지 못하니 이런 민망한 일이 어디 있을까요. 울
> 고 갑니다. 어머니 잘 모시고 아기 잘 기르시오. 내년 가을
> 에나 나오고자 하오. 안부가 궁금합니다. 집에 가서 어머님
> 이랑 아이랑 다 반가이 보고 가고자 했는데, 장수가 혼자만
> 집에 가고 나는 못 가게 해서 다녀가지 못합니다. 가지 말라
> 고 하는 것을 구태여 가면 병조에서 회덕골로 사람을 보내
> 귀양살이를 시킨다 하니, 이런 민망한 일이 어디 있을까요.
> 아니 가려 하다가 마지못해 함경도 경성으로 군관이 되어
> 갑니다. 논밭의 세납은 형님께 내어달라고 하시오. 공물은
> 박충의 댁에게 미리 말해 바꾸어 두시오. 쌀도 찧어다 두어
> 요. 부역은 가을에 정실이에게 알려 처리하라고 해요. 녹송
> 이가 슬기로우니 물어보아 부역을 맡아서 처리하라고 하시
> 오. 녹송이가 고을에 뛰어다녀 보라 하시오. 빨리 바치게 부
> 탁하라 하시오.

<신창맹씨묘, 1490, 추정, 나신걸(남편) → 신창맹씨(아내)>

나신걸 한글편지 1, 2 (출처: 우리문화신문)

나신걸이 갑자기 북쪽 변방으로 떠나게 되었다. 군관의 지위에 있던 그는 상부의 명령을 접하고 곧장 길을 떠나야 했기에 집에 들를 수 없었다. 그는 아내 신창맹씨에게 이별의 내용과 함께 당부의 말을 편지로 전할 수밖에 없었다. 아내가 고생할까 봐 농사를 짓지 말고 소작을 주라는 것과 부모님을 잘 모시고 아이들을 잘 길러달라며 당부하던 그는 잠시 붓을 멈췄다.

아내의 손을 만져보지도 못하고, 아쉬움의 눈도 마주치지 못하는 현실에 남편은 가슴 한구석이 아려왔다. 떠나는 자신보다 홀로 집안을 꾸려갈 아내가 더 걱정이다. 이별의 정을 나누지도 못한 채 떠나게 된 자신에게 혹여 서운함을 느낄까 봐 일 년 후에는 고향으로 돌아올 것 같다며 다독거린다. 그러면서 아내를 위해 분 한 통과 바늘을 편지와 함께 보낸다. 당시 분과 바늘은 수입품으로 매우 귀한 물건이었다. 혼자 남을 아내가 걱정되었던 남편은 아내에게 선물을 보내며 자신의 마음이 조금이나마 전해지길 바랐다.

이처럼 죽음을 앞둔 남편이나 먼 길을 떠나게 된 남편은 차마 발길이 떨어지지 않았다. 그래서 그들은 아내에게 집안일을 처리하는 법을 상세하게 적어 주며 아내의 걱정을 덜어주고자 하였다. 다정한 말 한마디 한마디를 종이에다 옮기고 선물까지 챙겨 보내는 그들에게서 아내를 사랑하는 남편의 마음을 읽을 수 있다. 그들은 쓸쓸하고 외로운 마음을 있는 그대로 드러내거나 이별의 시간조차 허락되지 않아 눈물을 흘리며 떠난다는 남편의 솔직함을 가감 없이 표현하였다. 아내에게 강압적이고 아내를 두고도 다른 여성과 애정행각을 즐기는 모습이 아니라, 애절한 심정의 토로와 함께 자신이 집에 없더라도 살 수 있도록 생활 방편을 구체적으로 남기는 등 다정다감한 남편의 모습을 보여준다. 이런 부부간의 사랑에 별뉘 한 조각이 빛나고 있었다.

3. 학문과 인생의 동반자

조선시대는 한글이 보편화되면서 여성들이 한글을 문자로 사용하고 있었다. 하지만 강정일당은 한문으로 편지를 썼다. 당시 한문은 조선시대 사대부 남성들의 전유물이었고 공적인 교육에서 여성들은 배제되었다. 그러나 조선후기로 들어서면서 경험적이고 실증적인 새로운 인식 태도를 찾으려는 실학이 등장하고 천주교의 평등사상, 여성들의 독서 열풍, 영·정조 시대의 문예부흥적 분위기 등으로 여성들의 자아의식이 강화되었다. 그러한 시기에 강정일당(姜靜一堂, 1772~1832)은 어려운 가정 경제를 직접 책임지면서도 성리학을 공부하고 성리학적 유가 규범을 실천하며 심성수양에 관한 내용을 문학으로 표현하였다. 그녀의 모든 생활은 '도(道)'를 기준으로 삼았고 삶을 주체적으로 살아가고자 하였다. 그녀는 자주 한문으로 남편 윤광연(尹光演, 1778~1838)에게 편지를 썼고 남편도 한문편지로 답장하였다. 그들이 주고받은 짧은 편지 속에는 부부관계를 넘어 인생의 반려자이자 학문을 연구하고 실천하는 동반자로서 삶을 엿볼 수 있다.

오늘날의 부부 사이에도 아내가 남편에게 끊임없이 공부

를 권유하거나 잘못에 대해 일일이 충고를 하기란 쉽지 않다. 더구나 강정일당이 살았던 조선시대는 가부장제 사회였다. 그러한 시대에 아내가 남편에게 훈계에 가까운 말들을 가감 없이 드러낸다. 이렇게 말할 수 있었던 이유에 대해서는 아래 편지글에서 살펴볼 수 있다.

> 매번 글을 써서 바치는 것은 불손한 데 가까워서 부녀자의 도리가 아닐 것입니다. 그러나 구헌 심사동 선생께서 일찍이 말씀하시기를, 당신은 마음을 비우고 받아들이는 아량이 있다고 하였고, 저도 일찍이 일이 있을 때마다 직언해 달라는 말씀 때문에 감히 아뢰는 것입니다. 만약 허물을 듣고 나서 조금이라도 고치는 데 인색하거나, 한 번 고치신 후에 또다시 같은 허물을 되풀이하신다면, 끝내 덕을 성취할 수 없을 것입니다. 당신은 더욱 분별하여 노력하시기 바랍니다.
>
> <강정일당 척독42, 강정일당(아내) → 윤광연(남편)>

남편 윤광연이 먼저 아내에게 직언해달라고 부탁한 사실을 알 수 있다. 윤광연은 아내가 충고한 것들을 고치려고 한 사람이다. 이것은 남편이 아내가 하는 말을 받아들일 수 있는 넓은 아량을 지녔다는 것이고, 또 아내의 식견과 안목을 신뢰하고 존중하기 때문에 가능한 것이다. 실제로 윤광연은 정일당이 죽은 며칠 후에 곡하면서 부인을 향한 그리움과 애통함을 드러내며 몹시 슬퍼했다.

> 부인이 남편을 섬기는데 사랑하기는 쉬우나 비판하기는
> 어렵다. 순종하는 사람은 많지만 타이르는 사람은 적다. 오
> 직 그대가 나에게 남들이 하기 어려운 것을 하며, 남들이 드
> 물게 보는 것을 얻게 되었다. 내게 한 가지라도 착한 것이
> 있으면 기뻐하며 더욱 격려하였고, 내가 한 가지 허물이라
> 도 보게 되면 걱정과 함께 질책하기도 했다. 그래서 반드시
> 나를 중용되고 정대한 경지에 서도록 하고, 천지 사이에서
> 한 점의 허물도 없는 사람으로 만들고자 하였다.

<　『정일당유고(靜一堂遺稿)』,
「제망실유인강씨문(祭亡室孺人姜氏文)」>

정일당은 편지를 통해 남편에게 독서를 권하기도 하고, 스
승과 벗들이 함께 공부한 내용을 보내달라고 부탁하기도 했
다. 남성들의 학문토론장에 직접적으로 참여할 수 없었던 정
일당은 편지를 통하여 간접적으로 참여하고자 하였다. 그녀는
학자들이 남편을 찾아와 함께 연구하고 토론한 내용을 궁금해
하였다. 혹여 자신이 참고할 만한 것이 많을 테니 남편에게 베
껴다 보여주길 바랐다. 그러면 그때마다 남편은 아내의 부탁
을 들어주었다.

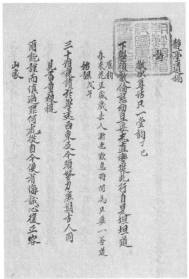

정일당유고(출처: 국립중앙도서관)

은진 심문영 공은 마음을 비우심이 탄복할 만합니다. 목
사 임로와 군수 이형수 두 분과 진사 심홍모 공이 연달아서
왕림하시니, 연구하시는 것이 어떤 책이며 토론하는 것은
어떤 내용이신지요? 반드시 참고할 만한 것이 많을 터이니,
베껴다 보여주시면 다행이겠습니다.

<강정일당 척독11, 강정일당(아내) → 윤광연(남편)>

　　정일당은 남편이 학문과 수양에 전념할 수 있도록 환경을
조성하였고 남편이 잘못을 범하지 않도록 직언직설(直言直說)
을 아끼지 않았다. 남편 역시 정일당이 학문으로써 성인의 경
지에 이르고자 하는 바람을 적극적으로 지지해주었다. 그들은
부부이면서 학문의 반려자로서 충고와 격려를 주고받았던 것
이다.

4. 죽음으로 이끌 수 있는 질투와 절망

　　1977년, 어둠 속에 잠자고 있던 편지가 세상에 나오게 된다. 이장(移葬) 당시 순천김씨는 미라 상태로 사십 대의 모습을 유지하고 있었고, 관속에는 생전에 신던 가죽신을 비롯하여 의복 그리고 한글과 한문으로 쓰인 편지 192건이 들어 있었다. 이중 신천강씨가 그의 딸 순천김씨에게 보낸 편지가 117건으로 전체 편지 중 가장 큰 비중을 차지하고 있었다. 친정어머니가 시집간 딸을 그리며 애태우는 심정, 시집간 딸에게 먹을 것, 입을 것을 챙겨주며 딸을 걱정하는 어머니, 첩을 둔 남편에 대한 미움과 서러움을 딸에게 하소연하는 내용, 늙고 병든 노년의 고독한 심회, 양잠과 길쌈으로 힘들어하는 삶의 모습 등이 편지 곳곳에 담겨 있다.

　　의원이 말하되 "마음을 편히 먹지 않으면 이 병이 중히 될 것이고 마음에 용심만 없으면 한 해 내로 약을 장복하면 없으시겠다"하니 용심 없게 아버님을 건사하기를 바란다. 지긋하게 하면 버릴 법도 있거니와 그렇다고 음악을 하고 술 먹는 년이나 데리고서 술과 음악을 하고 종일 화림(花林)으로 있으니, 내가 박절하여 죽는다고 한들 생각하겠느냐? 예

전에도 첩들을 경험하였지만, 이제는 내가 아주 좋지 않게
되니 이렇게 서러워 다 못 쓰겠구나.

<순천김씨묘24, 1550~1594, 신천강씨(친정어머니) →
순천김씨(딸)>

아! 거짓 일이구나. 도로 눈을 감으니 눈물이 솟다가 지는
구나. 내 팔자 보았더냐? 죽을 때야 이리되겠구나 하고, 아
프다 하면 시샘으로 그러는가 하고, 아들이라도 와 어떤가
할 뿐이니 내 아픈 것도 말하지 않는다. (…) 마음이 몹시 심
란하여 아득한 때면 칼을 쥐어서 목을 찔려 죽고자 하고, 노
끈을 가지고 목을 매달아 죽고자 하여 만져보고 마음을 잡
아 놓거니와, 내 몸이 몹시 허하고 마음이 간데없어 시각이
나달로 더하여 가니 이 마음 못 잡아 서럽고, 어떤 때면 동
산을 바라보고 뜰에 나돌다가 겨우 마음을 잡으니 밤이나
낮이나 혼자 앉아서 몹시 울고 마음을 쓰니 목이 메어 음식
을 못 먹는다.

<순천김씨묘73, 1550~1594, 신천강씨(친정어머니) →
순천김씨(딸)>

첩을 얻은 남편 때문에 마음의 고통을 겪고 있는 친정어머
니는 죽고 싶을 만큼 절박한 심정으로 딸에게 편지를 적어 보
낸다. 내용은 남편이 첩을 얻어 술과 음악에 빠져 지내는 동안
자신은 그런 남편과 첩 때문에 마음의 병이 났다는 것이다. 의
원은 마음을 편히 먹고 약을 오랫동안 먹으면 낫겠지만 우선

어머니 신천강씨가 딸 순천김씨에게 보낸 편지(출처: 충북대학교 박물관)

용심이 없어야 한다고 한다. 하지만 그녀는 계속 머리가 아프고 가슴이 답답하여 음식을 먹지 못하고 있다. 그런데도 남들은 시샘해서 그런 것이라고 한다. 아무도 자신을 알아주지 않자 그녀는 자신의 답답한 처지를 딸에게라도 호소해야만 숨을 쉴 수 있었다.

> 재상(宰相)치 된 사람도 첩이 없는 사람이 많은데 예순에 맨 끝 찰방된 사람도 호화하여 첩을 얻으니 아무리 내가 간고(艱苦)하여 서러워 이렇게 중병 들어 있어도 생각하지 않으니 그 애달프고 노여움이야 어디다 견주겠느냐?
>
> <순천김씨묘94, 1550~1594, 신천강씨(친정어머니) →
> 순천김씨(딸)>

> 종이나 남이나 시샘한다고 할까 하여 남에게도 아픈 사색(辭色)을 안 하고 있다. 너희(들이) 보고 서럽게 여길 뿐이지

마는 마음 둘 데 아주 없어 편지를 쓴다. 일백 권에 쓴다 한들 다 쓰겠느냐? 생원에게는 말하지 말며 사위들과 남들에게 다 이르지 말고 너희들만 보아라. (…) 이렇게 앓다가 아주 서러우면 내 손으로 죽되 말없이 소주를 맵게 하여 먹고 죽고자 요사이는 계교를 하되 다만 너희는 어이없이 되었으니 잊어버리고 생원을 보고 죽으려 원망하지 않고 견딘다마는 가슴이 몹시 답답한 때야 그저 모르면 이렇게 서럽겠는가 싶구나. 보고 불에 넣어라. 첩을 그만두기를 바란다고 한 것이 미워 노(怒)하여 (…) 내게 편지도 세 줄에서 더하지 않는다. 나도 아무 말도 하지 않는다. 아들들까지도 나를 시샘한다고 하므로 나는 열아흐렛날부터 아픈 것이 지금까지 낫는다. 누워서 앓는 병이 아니니 견디지마는 마음이 매양 서러우니 천지가 막막하구나.

<순천김씨묘41, 1550~1594, 신천강씨(친정어머니) →
순천김씨(딸)>

재상도 첩이 없는 사람이 많은데, 예순의 나이에 겨우 찰방이 된 남편이 첩을 두었다. 그런 남편으로 인해 중병이 든 아내는 남편에게 첩을 두지 말 것을 당부하였다. 그런데 남편은 오히려 화를 내며 소식까지 아예 끊어버린다. 어머니가 아프다는 소식에 아들들이 찾아오지만, 어머니를 위로하기는커녕 오히려 어머니가 첩을 시샘해서 병이 든 것이라 한다. 주위에 있는 사람들이 자신의 마음을 이해해주지 않자 서러운 생각이 들고 살고 싶은 생각이 없다. 몸과 마음이 병들어 앓아누워 있어도 누구 한 명 챙겨주지 않는다. 결국 어머니는 죽고 싶을 만큼 절박한 심정으로 시집간 딸에게 편지를 쓴다.

편지를 볼 딸이 서럽게 여길 것이 안쓰럽기도 하지만 마음 둘 데가 없었던 그녀는 고통스럽고 힘든 심정을 일백 권을 써도 모두 쓸 수 없다며 딸에게 하소연한다. 그러면서도 자신이 말하는 이야기를 사위에게 이야기하지 말고 편지를 읽은 후 바로 불에 태울 것을 당부한다. 어머니 신청강씨는 질투와 분노의 감정을 숨기지 못하는 직선적인 성격의 소유자이다. 그러나 그녀조차도 가부장제 사회에서 남성을 비롯한 주위의 눈치를 살피지 않을 수 없었다. 게다가 첩을 둔 남편 때문에 고통스러워하는 자신의 모습을 더더욱 사위에게 보일 수는 없었다.

그녀가 그럴 수밖에 없었던 이유는 무엇이었을까? 가난한 집안 살림에 경제적인 부담까지 짊어졌는데, 정작 남편은 첩을 얻어 자신을 무시한다. 이에 그녀의 서러움은 폭발하였고 죽을 만큼 고통을 느꼈다. 그녀는 숨을 쉬고 싶었다. 그녀는 붓을 들어 종이에 글을 휘갈긴다. 내면에서 솟구치는 분노를 분출하면서 써 내려간 글이라 논리적일 수는 없다. 오로지 하고 싶은 말들이 거침없이 솟아 나왔다.

그녀는 편지를 쓰는 동안 내면에 있는 고통을 하나씩 덜어내는 작업을 시도하였다. 마치 옆에 있는 딸과 대화를 나누듯 글을 써 내려갔다. 그러는 동안 내면의 고통이 점점 가라앉으며 홀가분해지는 것을 느꼈다. 자신의 감정을 숨기거나 감출 필요가 없다. 그녀는 자신의 욕망에 관해 스스럼없이 말한다. 어떻게 보면 어머니로서의 권위조차 가지고 있지 않은 것처럼 보인다.

감정의 치유는 내면에 숨겨진 고통의 찌꺼기들을 여과 없이 솔직하고 간절하게 분출하는 데서 비롯된다. 편지를 쓰는 과정에서 자신을 되돌아보고 관찰하면서 진정한 자아를 찾는다. 자신의 분노와 슬픔 그리고 무력감을 진정으로 받아들이는 과정에서 그녀의 상처들은 점점 치유되기 시작하였다.

진정한 치유는 과거와 현재를 있는 그대로 받아들이는 데서 비롯된다. 자신의 처지를 누구보다 잘 아는 상대방과 만났을 때 특히 효과를 발휘한다. 어머니가 내면에 잠재된 감정과 생각을 능동적이며 적극적으로 나타낼 수 있었던 것은 바로 편지를 받는 상대방이 딸이었기 때문에 가능했다. 동시대를 함께 살아가는 여성으로서의 딸은 자신의 상황과 심정을 가장 잘 이해해줄 수 있는 상대방이었다. 어머니는 딸에게 내면 깊이 잠재된 분노와 감정을 여과 없이 드러냄으로써 카타르시스를 느낄 수 있었다. 가부장제 부권적 가족의 권력과 통제, 대립과 갈등에서 벗어나 편지를 쓰는 그 순간만큼은 자유와 평화가 찾아왔다.

삼종지도(三從之道)란 결혼하기 전에는 아버지를 따르고, 결혼해 서는 남편을 따르고, 남편이 죽으면 자식을 따라야 한다. (부인유삼종 지의婦人有三從之義, 무전용지도無專用之道. 고미가종부故未嫁從父, 기가종부 旣嫁從夫, 부사종자夫死從子)

-『의례(儀禮)』「상복전(喪服傳)」-

칠거지악(七去之惡)은 아내가 일곱 가지의 잘못에 해당하는 경우 내쫓을 수 있었다. ① 시부모에게 순종하지 않는 것 ② 자식을 낳지 못하는 것 ③ 음탕한 것 ④ 질투하는 것 ⑤ 나쁜 질병이 있는 것 ⑥ 수다스러운 것 ⑦ 도둑질하는 것(부유칠거婦有七去, 불순부모거不順父母 去, 무자거無子去, 음거淫去, 투거妬去, 유악질거有惡疾去, 다언거多言去, 절도거 竊盜去)」

-『대대례기(大戴禮記)』「본명(本命)」-

삼불거(三不去): 칠거지악에 해당해도 내쫓을 수 없는 경우로 이 는 여성을 보호하기 위해 만든 법이다. 삼불거는 내쫓아도 돌아갈 친정이 없는 경우, 부부가 함께 부모의 상(喪)을 지낸 경우 그리고 시집왔을 무렵에는 가난했다가 그 뒤 부귀하게 되었을 때이다. (부유 삼불거婦有三不去, 유소취무소귀불거, 여경삼년상불거與更三年喪不去, 전빈천 후부귀불거前貧賤後富貴不去)」

-『대대례기(大戴禮記)』「본명(本命)」-

축첩의 풍속과 아내의 눈물

조선시대는 유교 윤리에 의해 '여필종부(女必從夫)', '삼종지도(三從之道)'라 하여 여성들에게 순종만을 강요하였고, '내외법'으로 남녀의 생활영역을 분리했다. 당대에 살았던 아내는 남편에 대한 의무만 있고 남편은 아내에 대한 하등의 의무를 지지 않는다. 또한 여자는 가문의 대를 이어야 하며 가족의 의식주를 책임져야 했으며 봉제사(奉祭祀) 접빈객(接賓客)은 물론 경제활동까지 해야만 했다. 게다가 남편이 첩의 집에 드나드는 것을 보면서도 질투해서는 안 된다. 만약 질투하면 부덕한 여성으로 취급당하거나 칠거지악에 해당하여 쫓겨나기도 한다.

조선시대 사회에서 남자가 첩을 갖는 것은 아무런 비난의 대상이 되지 않았다. 하지만 첩을 두는 것은 인정하되, 첩을 편애하여 처를 소박하는 것은 법의 제재를 받았다. 여성이 정당한 혼인 절차를 거쳐 처의 지위를 차지하게 되면 가능한 지위와 권리가 보장되도록 특별히 배려되고 있었다. 하지만 사회적 장치에도 불구하고 첩을 두는 남편 때문에 속앓이를 하는 아내가 많았다.

성종 11년(1480) 행부설군 민효원이 처를 소박하고 첩을 데리고 따로 살며, 또 추국할 때 항거하고 자복하지 않은 죄는, 율과 대전(大典)에 따라 결장 60대, 도(徒) 1년에 고신(告身)을 모조리 빼앗는 죄에 해당한다고 사헌부에서 고하자 파직을 명하였다. 이틀 뒤, 민효원이 처를 소박하고 첩을 데리고 따로 살면서 노비를 독차지하여 그 아내가 친히 길쌈하여 그것을 팔아서 생활하게 하였으므로, 잔인하기가 이보다 더 심할 수 없으니 중하게 징계하여 다스려야 한다고 중신들이 청하자 성종은 고신을 모조리 빼앗으라는 명령을 내렸다. 고신은 관원에게 품계와 관직을 수여할 때 발급하던 임명장을 말한다. 이외에도 세종 21년(1439) 전감목관 이중정이 처를 소박해 농장에 버려두고 비첩(婢妾)을 사랑하여 대접하기를 정실 아내처럼 하자 사헌부가 건의하여 장 90의 형에 처하기도 하였다.

이처럼 조선시대에 처의 지위는 일정부분 법의 보호를 받고 있었던 것으로 확인된다. 하지만 국가에서 본처의 지위를 확실하게 했던 것은 가부장적 질서를 잡으려는 방편이었을 뿐이다. 또한 실제 모두가 법의 적용을 받을 수 있었던 것은 아니다.

당신 따라 자식 다 던지고 가려고 계교하니 젊은 첩을 두어 (⋯) 말리려 해도 갈 것이니 가 죽어도 가려고 하거니와 내 이렇게 몹시 서럽게 되니 늙어서 이리되었구나. 밤에나 집 생각하고 우니 눈물뿐이고 가득한 기운이 어찌 오래 가겠느냐? 그 최고 벼슬을 하여서 그토록 어렵게 살던 계집을 이렇게 하였구나. 서러움이 무한 속마음을 일각(一刻)도 잊게 하지 않아 서러우니 정신이 어디로 간 줄이 없고 아득하니 내가 죽을 때 이 벼슬을 하는구나. 자식들 세상이나 볼까 하다가 못하여 그만두겠구나 한다.

<순천김씨묘93, 1550~1594, 신천강씨(친정어머니) →
순천김씨(딸)>

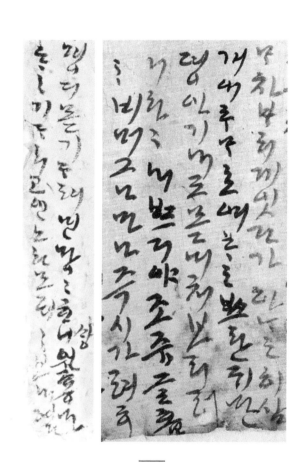

신천강씨 언간(출처 : 『조선시대의 한글 편지, 언간(諺簡)』 황문환 지음, 도서출판 역락, 2015)

당시 사대부들은 임지(任地)에서 살림을 돌봐 줄 손길이 필요한 경우, 처가 자식을 낳지 못한 경우, 성적 욕망 충족 등 여러 가지 명분으로 첩을 두기도 했다. 아내는 서울에서 경북 청도로 찰방 벼슬을 떠나게 된 남편을 따라 자신도 가겠다고 했지만, 남편에게 거절당하고 만다. 찰방의 벼슬을 하기 전 남편은 서울에서 정8품직인 익위사시직을 지냈는데, 일 년에 받았던 녹봉은 쌀 2섬, 현미 12섬, 좁쌀 1섬, 콩 2섬, 밀 2섬의 곡식과 규격 베 4필과 종이돈 2장이다. 그러다가 예순의 나이에 각 도의 역참(驛站)을 관리하던 종6품의 외관직인 찰방을 지내게 된 것이다. 일 년 녹봉은 쌀 5섬, 현미 17섬, 좁쌀 2섬, 콩 8섬, 밀 4섬의 곡식을 받았고, 명주 1필, 규격 베 9필과 종이돈 4장이다.

　　편지에서 어머니는 지금까지 가난한 살림에 온갖 고생을 하며 가정을 꾸리며 살았는데, 이젠 첩을 거느리고 자신을 본체만체하는 남편 때문에 서럽다며 울분을 토해낸다. 게다가 자신의 서러운 마음을 아무도 알아주지 않자 더욱 외롭고 뼈에 저미는 고독감에 젖어 들었다. 그녀는 자신의 말을 가장 잘 들어줄 대상으로 딸을 선택해 하소연이라도 해야만 했다.

　　　나는 가난하고 고생스러울 때는 어찌할 수 없었지마는 둘이 앉아서 근심하던 때는 가난하여도 이토록 서럽지 않았는데 벼슬을 하니 내 가슴에 서러운 마음이 더욱 드니 이러기 때문에 옳지 않은 것이다.

<순천김씨묘120, 1550~1594, 신천강씨(친정어머니) →
순천김씨(딸)>

벌써 스무날이나 앓되 종이 다 내 병 모르고 선금이에게 내 몸을 의지하고 아들에게 기별하여도 몰라보더라. 딸자식 못 보아 내 마음의 말을 못 하고 죽겠구나. 조금이나 병이 나은 때이어서 쓴다. 편지 보고 내 정(情)만 알아라. 서러워한다 한들 나를 볼 것이냐? 내가 너희를 볼 것이냐? 다시금 못 보겠구나.

<순천김씨묘40, 1550~1594, 신천강씨(친정어머니) →
순천김씨(딸)>

가난하고 고생스러웠던 지난날에는 남편과 서로 근심하면서도 서러운 마음이 없었다며 남편과 함께 살던 시절이 그립기만 하다. 그러나 지금은 남편이 자신을 위해 벼슬과 첩을 그만두지 않을 것이라며 신세를 한탄하고 있다. 남편의 정을 그리워하는 아내의 애틋한 심정이 편지 행간마다 투영되어 있다.

조선시대의 여성들은 자신의 감정을 쉽게 밖으로 내보일 수 없었다. 가부장제 사회에서 여성들은 어떤 식으로든 크고 작은 상처로 고통받고 살았다. 하지만 여성들은 억울함, 분함, 슬픔, 한탄 등 다양한 감정들을 편지로 나타낼 수 있게 되었다. 남편에 대한 원망과 서러움을 글로 써 내려가는 동안 자신도 모르게 억압된 감정들이 서서히 치유되기 시작했다. 어머니는 편지에 자신의 감정을 있는 그대로 말하더라도 상대방의 비판이나 반응에 대해 걱정할 필요가 없었기에 자신의 감정에 충실할 수 있었다.

아무 곳에도 의지할 곳이 없구나

첩을 둔 남편도 본처의 눈치를 보기도 했다. 남편이 입신양명하여 조상과 가문을 세우기를 간절히 바라며 힘들어도 묵묵히 가계를 꾸려나가는 아내, 마침내 벼슬길에 오른 남편, 이제부터는 행복만 있을 줄 알았다. 그러나 남편은 다른 여인에게 마음을 주고 만다. 아내는 서로를 향한 애틋한 정이 있어 힘듦도 견뎌냈는데, 왜 자신에게 상처를 주는지 남편에게 물어야만 했다. 그랬더니 남편도 할 말이 있다며 편지 한 장을 쑥 내민다.

한 시대를 살았던 부부들의 진솔한 생활 모습과 남편의 처지에서 직접 써 내려간 한 편의 편지가 던져주는 메시지를 펼쳐보았다

> 나는 벼슬도 과감히 버리지 못하고 인생은 다 살았고, 네 어미의 투기도 아주 요동 없으니 내 마음도 역심(逆心)이 나지만 어찌하겠느냐 싶으니 내 마음은 아무 데도 의지할 곳이 없다. 네 어미는 선산(아내의 친정)에 늘 가니 남도 부끄러워한다. 너에게 이른다고 한들 어찌할 수 있겠느냐? 쓸데없는 말이구나.

<순천김씨묘78, 1550~1594, 김훈(친정아버지) → 순천김씨(딸)>

친정아버지 김훈이 시집간 딸 순천김씨에게 보낸 편지다. 아내의 투기가 너무 심하여 역심(逆心)이 나지만 어찌할 도리가 없고 틈만 나면 친정집에 가 있으니 남들조차 부끄러워한다며 딸에게 하소연하고 있다. 친정아버지가 답답한 속내를 딸에게 털어놓은 이유는 딸이 자신의 심정을 아내에게 대신 전해주기를 바랐던 것이다. 가부장적 사회에 살았던 남편 역시 때로는 아내와의 갈등으로 고민하는 인간적인 모습을 보여주고 있다.

이혼을 청합니다

기월댁 좌하

마지막으로 이것을 올리나이다. 모든 일에 있어서 가장 복잡하였던 것이 원만하게 해결되었습니다. 이 편지를 보시면 어찌 숙원(宿怨)을 이룬 것이 아니겠습니까? 이것을 퍽 고대하였지요? 그에게 대항을 하였으니 말할 것도 없이 대단한 곳이 있겠지요? 이제는 이혼을 청합니다. 여기에 또 대항하겠습니까? 기월댁도 당당한 세력가 집안의 한 사람이 아닙니까? 분함이 비할 곳이 없겠지요 마는 이것은 이 사람의 자유입니다. 아직 이 사회에서는 자유를 깨트리지는 못합니다. 이 사람의 가정도, 명망도, 희망도 다 이 사건에 희생되었고, 따라서 부모에게 불효막심한 놈이 되었습니다. 이 사람이 절대로 무리하게 저지른 이가 아니었습니다. 행복을 찾으려는 것을 죽인 것은 곧 기월댁이었습니다.

아니나 다를까 이 시대가 좋습니다. 아직은 장래에 대하여 가지는 의기가 양양한 여자가 아닙니까? 얼마라도 재혼할 수가 있습니다. 또 이혼을 못하겠습니까? 그러면 그 여자는 기월댁의 집에 이 세월이 다하도록 두시오. 이러한 편지도 마지막이었고, 헛된 생각으로 한 달을 기쁜 마음도 없이 허송하였던 이 저 또한 행복이었습니다. 이 뒤로 안팎의 분들 만수무강하소. 경성에서

<전주유씨 안동수곡파 한글편지, 20세기 전반 유필변(남편)
→ 성산이씨(아내)>

조선시대는 이혼에 관한 법령이 없었다. 양반층 남편이 이혼을 원할 경우, 특별히 임금에게 청하여 허락을 받아야 했다. 합법적인 이혼은 부부 당사자의 의사와는 무관했다는 것이다. 나라에서 이혼을 강제하거나 남편이 처에 대해 이혼을 요구하는 두 가지 형태였다. 하나는 부부 가운데 한 사람이 존속에 대해 구타 또는 살상 등을 하거나 '의절(義絶)'을 범하였을 때 강제 이혼의 요건이 되었다. 다른 하나는 남편이 처의 정조가 유린당하는 것을 방조하거나 강제한 경우이다. 조선시대의 남편은 처의 간통과 도망, 남편에 대한 위해(危害) 등의 이유로 일방적으로 처에게 이혼을 요구할 수 있었다. 조선시대의 이혼은 남성보다는 여성에게 치명적이었다. 나라에서는 처가 부모상(喪)을 치른 경우(經持舅姑之喪), 가난한 때 결혼하여 부귀하게 된 경우(娶時賤後貴), 돌아갈 곳이 없는 경우(有所娶無所歸)는 이

혼을 금지하였다. 이에 반해 처는 남편의 동의 없이 이혼할 수 있는 합법적인 방법이 없었다.

서민들의 이혼은 사정파의(事情罷議)와 할급휴서(割給休書)라는 두 가지 형식이 있다. 부부가 협의로 이혼하는 사정파의(事情罷議)와 저고리 깃의 한 조각을 가위로 잘라 상대방에게 주어 이혼의 징표로 삼는 할급휴서(割給休書)가 있었다. 이혼제도는 시대에 따라 법적 변화가 있었다. 1915년에 협의이혼을 관습법으로 인정함으로써 법적으로 이혼의 자유를 인정하였고, 재판상 이혼은 판례법으로 확립되었다.

위의 편지는 전주유씨 안동수곡파 유필번(柳必蕃, 1911~1954)이 아내 성산이씨에게 보낸 것으로 20세기 전반에 작성된 것이다. 남편은 이혼과 재혼을 얼마든지 할 수 있는 시대인만큼 자신의 행복을 위해 아내에게 이혼을 청한다. 이미 다른 여자에게 마음이 가 버린 남편은 아내의 분함을 잘 알고 있다. 그러면서도 세력가 집안의 딸이자 아직 젊고 장래가 창창한 데다가 훗날 재혼도 할 수 있다면서 아내에게 당당하게 이별을 청한다. 이런 남편을 아내는 어떻게 받아들여야 할까. 이미 서로에 대한 신뢰와 배려 그리고 사랑이 없어진 마당에 가정이라는 집을 지켜야 할지 말지 생각에 잠긴 그녀에게 무슨 말을, 어떤 위로를 해 줄 수 있을까. 아무리 이혼과 재혼이 허락된 시대에 살고 있더라도 선뜻 돌아서서 자신의 인생을 당당히 갈 수 있는 사람이 과연 몇 명이나 될까.

삶이란 늘 좋은 일만 있는 것이 아니다. 보이지 않는 검은 물체가 불쑥불쑥 우리 앞에 나타나기도 한다. 우리는 비바람에 휘청거리기도 하고 내리쬐는 붉은 태양을 온몸으로 받으며 숨을 헐떡거리기도 한다. 하지만 아침마다 떠오르는 태양을 맞이할 수 있는 것도, 검은 물체의 손을 더는 겁먹지 않고 잡을 수 있는 것도, 삶을 살아갈 수 있는 무언가가 있기 때문이다. 그것이 다시 찾아온 사랑의 힘일 수도 있고 일상에서 느끼는 자유와 행복일 수 있다. 그러나 이 모든 말들이 그녀에게는 어떤 위로가 될 수 없다는 것을 잘 알고 있다. 지금 할 수 있는 일이라곤 그저 말없이 그녀를 안아주는 것뿐이다.

2장
가도 울고 못 가도 울고

모계사회에서 부계사회로 전환되면서 가부장적 가족제도가 강화되었다. 이는 여성들의 사회적·경제적 지위 하락과 여성들의 기본적인 욕구를 차단하고 억압하였다. 남성들은 아내와 딸을 그들의 발아래 굴종시키고 지배하고자 하였다. 그들은 여성들의 감정, 생각, 의견에 대해 공감할 생각조차 없었다. 여성들이 아무리 뛰어난 능력을 갖추고 있어도 그 능력을 발휘할 수조차 없다. 왜냐하면 남편의 존재에 기대어 세상을 보아야 하고 본인의 생각이 전달되어야만 했기 때문이다. 분명히 여성들은 '자아'를 가지고 있었지만, 타인을 통해 사고, 감정, 의지 등을 나타내야만 했다. 그렇다고 해서 여성들이 본인의 의사를 마음껏 표현할 수 있는 것도 아니었다.

1. 먼 곳으로 혼인을 시키지 마십시오

조선시대 한글편지는 당시 여성들이 가정생활에서 느끼는 정한(情恨)과 그와 관련된 생활문화를 살펴볼 수 있는 자료이다. 부모의 품에서 금지옥엽으로 자란 여성이 어느 날 고향과 부모·형제를 떠나 낯선 곳으로 시집을 가게 된다. 낯선 고장, 낯선 사람들이 이제부터 가족이라고 한다. 모든 것이 낯설고 불편하기만 한 시댁에서 유일하게 자신의 마음을 토로할 수 있는 수단이자 친정과 소통할 수 있는 통로가 편지이다. 지금은 통신과 교통이 발달하여 자주 연락하거나 친정집에 다녀올 수 있지만 당시에는 그럴 수 없었다. 편지도 고향으로 가는 인편이 있어야 보낼 수 있었고, 친정집에 가는 것도 시댁의 허락이 있어야만 가능했다. 그나마 편지로 친정과의 소식을 왕래할 수 있다는 것만으로도 큰 위안이 되었다.

14세기 주자학이 들어오고 조선의 건국이념인 유교숭배 배불주의가 채택되면서 사회적으로 큰 변화가 일어난다. 그중 혼인제도는 여성의 생활에 가장 큰 변화를 불러일으켰다. 조선초기의 혼인 형태는 남자가 여자 집에 머물러 생활하는 남귀여가혼(男歸女家婚)이었다. 예술가이자 율곡 이이의 어머니로 잘 알려진 신사임당(1504~1551) 역시 열아홉 살에 결혼하여 20년 가까이 친정집에 머물며 친정 부모와 함께 살았다. 이이가 어린 시절을 보낸 오죽헌은 율곡의 외가이자 신사임당의 고향이다.

당시만 해도 처가살이와 남녀균분상속제, 이혼 및 재가가 허용되었던 사회였다. 제사는 장남과 차남의 구분 없이 지냈으며 특히 남녀의 차별도 없었다. 딸을 포함한 자식들이 제사를 돌려가며 모시는 윤회봉사가 일반적이었고, 상속 또한 아들, 딸 구분 없이 균등하게 재산을 물려주었다. 딸만 있는 경우 딸에게 재산을 물려주고 제사를 지내는 것이 일반적이었기 때문에 양자를 들일 필요도 없었다.

특히 재산 관리와 상속 역시 결혼하더라도 양쪽 집에서 받은 재산은 각자 관리하였다. 또한 아내가 친정으로부터 가져온 재산은 장부상 그 몫을 달리하였고, 처분권도 전적으로 아내에게 있었다. 만약 아내의 재산을 함께 상속받을 때는 반드시 부부의 동의와 두 사람의 서명이 있는 경우에만 매매할 수 있었다. 공동재산이라기보다는 각자 재산을 관리하고 소유하는 개념이었다.

그러나 남귀여가혼에서 친영제도(親迎制度)로 바꾸어야 한다는 주장이 조선초기부터 꾸준하게 조정에서 논의되었다. 친영제도란 신랑이 직접 신부의 집으로 가서 신부를 데려와 자신의 집에서 혼례를 치르고 사는 것을 말한다. 친영례가 조선초기에는 잘 받아들이지 않다가 명종(1534~1567)조에 이르러서 남귀여가혼과 친영제도의 절충 형태인 '반친영'의 혼인이 시행되기도 했다. 반친영은 혼례를 여자 집에서 하고 혼례 후 신랑이 여자 집에 머무는 기간(1년 혹은 그 이상)을 2~3일로 줄이는 것이다. 그러나 이마저도 당시에는 잘 받아들이지 않았다.

친영제도가 완전히 뿌리를 내리게 된 시기는 조선후기가 되어서야 가능했다. 17세기 후반에서 18세기로 접어들면서 성리학이 사회 구석까지 영향을 미치게 된다. 일부일처제였던 고려시대의 결혼제도가 조선시대에 이르러 남자들에게는 축첩제도가 인정되었고, 과부의 개가를 금지하는 등 불평등이 심화하였다. 혼인제도의 변천은 여성의 재산상속, 제례, 상례 등에 영향을 주어 여성 생활에도 많은 변화를 불러일으켰다. 부계 중심의 종법 질서가 확고해지고 혼인풍습도 시집살이가 보편화되는 등 가정 내 모든 질서가 남성 중심으로 흘러갔다.

> 문안을 아뢰옵고 떠나온 뒤에 모두 잘 계시며 건강은 어
> 떠하신지 잠든 때에도 잊지 못하여 시시각각 부르며 눈물
> 을 흘립니다. 저는 덕분에 자식들을 거느리고 무사히 왔습
> 니다. 그토록 못 잊어 하다가 갔으나 한마디의 말씀을 못 듣
> 고 오니 가슴이 타는 듯 망극 서럽습니다. 저는 갔어도 조용
> 한 때가 없어서 말씀도 조용히 못 드리고 가지가지 불효스
> 러운 일을 많이 하고 오니 더욱 망극하고 서럽습니다. 이번
> 에 온 저의 자식들을 보시고 더욱 못 잊으실 줄 알기에 시시

로 생각하고 눈물짓습니다. 남편은 제가 친정에 "못 가도 울
고 가도 울고 하니 다시는 못 갈 것이라"고 합니다. 여기에
서 바라옵기는 어린 동생들을 거느리시고 기후 평안하심과
시절이 태평하게 되어 빨리 가 뵈옵고자 함이 소원입니다.

<현풍곽씨가128, 1622, 딸 → 진주하씨(친정어머니)>

　현풍곽씨 한글편지는 17세기 초중반 경북 달성군 현풍면
에 살던 곽주와 그 가족이 오간 편지이다. 위의 편지는 경주로
시집간 딸이 친정어머니께 보낸 것이다. 친정집에 다녀온 딸
이 집에 무사히 도착했다는 소식과 함께 친정에 다녀온 후 서
러운 마음을 어머니께 하소연하는 내용이다. 친정에 가서 어
머니와 이런저런 이야기를 나누다 오고 싶었는데 제대로 이야
기도 나누지 못하고 다시 시댁으로 돌아와야만 하는 것이 딸
은 서럽기만 하다. 게다가 어머니에게 잘해드리지 못하고 떠
나온 것이 못내 마음에 걸려 그만 눈물을 흘리고 만다. 이런 모
습을 옆에서 가만히 지켜보던 남편이 "못 가도 울고 가도 울고
하니 다시는 못 갈 것이라"고 아내에게 엄포를 놓는다. 아내가
진정되길 바라는 마음에서 남편이 농담 섞인 말을 한 것일 수
도 있겠지만, 아내는 그런 남편의 말이 더욱 서럽다. 친정에 못
가면 그리워서 울고, 친정에 갔다 오면 부모님께 잘해드리지
못한 일이 생각 나 속상하여 울고 마는 딸은 다른 편지에서 동
생들을 먼 곳으로 혼인시키지 말라는 당부의 편지를 보낸다.

오라버님과 동생들은 다 편하신지 소식을 전하지 못하여 민망합니다. 길이 매우 멀어서 이토록 소식을 듣지 못해 민망하오니 (동생들을) 절대로 먼 곳에 혼인시키지 마옵소서. 서럽습니다. (…) 이 사람이 갑자기 와서 아무것도 못 보내어 섭섭하옵니다. 동생들에게도 다 안부해 주십시오.

<현풍곽씨가129, 1623, 딸 → 진주하씨(친정어머니)>

저의 소원은 앞으로는 사위를 먼 데에서 보지 마시고 며느리도 먼 데에서 보지 마십시오. 사는 곳이 가까우면 이토록 안타까울까 생각하니 더욱 서럽습니다.

<현풍곽씨가141, 1622, 딸 → 진주하씨(친정어머니)>

하룻길 바깥의 혼인은 제가 원하건데 하지 마십시오. 나처럼 고단하지 않아야 하거니와 매사를 뜻대로 못하여 서럽습니다.

<현풍곽씨가156, 1622, 딸 → 진주하씨(친정어머니)>

친정 부모님을 자주 찾아뵙지도 못하는 것도 한이 되는데 길이 멀어 친정의 소식조차 제대로 듣지 못하고 사는 게 서럽기만 하다. 마침 고향으로 가는 인편이 있어 딸은 급히 친정어머니에게 보낼 편지를 쓰지만 친정에 보내줄 것이 없어 민망하다. 다시 생각해봐도 친정과 가까이 살면 소식이라도 자주 접할 수 있을 것이고 친정집에 들를 수 있을 텐데 그렇지 못한 현

실이 안타깝고 속상하다. 급기야 딸은 친정어머니에게 자신의 소원이라며 사위를 먼 곳에서 보지 말고 며느리도 먼 곳에서 보지 말라고 한다. 같은 여성으로서 느낄 서러움을 여동생이든 올케이든 겪지 말았으면 하는 간절한 마음이 담겨 있다.

전생에 무슨 죄를 지었길래

당시 여성들은 여자로 태어났다는 자체만으로 죄인이 되기도 하고 한이 되기도 하였다. 그네들이 생각하는 결혼의 의미가 무엇인지 또 존재에 관해 물음을 가졌는지 궁금하다.

보낼 것 없어 쌀 서 말, 제주 한 병, 생광어 두 마리, 생꿩 한 마리를 보냅니다. 아무것도 제사에 쓰실 것을 못 보내니 더욱 애달프게 여깁니다. "무슨 죄를 전생에 짓고 제사도 함께 못 볼까"라며 생각하니 더욱 새롭게 망극하여 눈물을 금치 못하옵니다. 하도 세월이 빨리 지나 담제를 지내면 다시 돌아올 일이 없고, 벌써 여러 해가 되니 요사이 더욱 새롭게 망극함을 이기지 못하여 매일 눈물로 지냅니다. 아무 날에 제사를 모시는 줄 더욱 제 몸이 애달프고 한스러우며, 마음대로 제사를 못 보는 한은 죽어도 못 잊을 것입니다. 바깥에 있는 사람들은 편하십니까? 기별을 몰라 민망합니다. 여기서 바라기는 아무쪼록 제사를 무사히 지내시고 어린 동생들을 거느리시어 기체 평안하시기를 다시금 바라옵니다. 혼인은 언제 어디로 하시려 의논하십니까? 몰라서 답답합

니다. 먼 곳으로 (혼인을) 의논하지는 마십시오. 기별을 몰라
섭섭합니다.

<현풍곽씨가125, 1619~1620, 딸 → 진주하씨(친정어머니)>

딸이 친정어머니에게 보낸 편지다. 친정아버지의 제사가
가까워지자 쌀, 술, 생선 등을 챙겨 보내면서 좋은 것을 보내
지 못함을 민망해한다. 딸은 아버지의 제사에 참석할 수 없는
자신을 보면서 "무슨 죄를 전생에 짓고 제사도 함께 못 볼까"
라며 눈물을 흘리고 만다. 그러면서 동생들을 먼 곳으로 혼인
시키지 말아 달라고 어머니에게 신신당부한다. 앞의 편지에서
하룻길 안에 오갈 수 있는 거리에서만 혼인을 시켜달라는 딸
의 소망은 이루어지지 않았다. 동생들 역시 먼 곳으로 시집을
갔다. 아래 편지는 밀양으로 시집간 딸이 어머니에게 보낸 것
이다.

문안 말씀 정 깊게 아뢰옵니다. 올해 사람 다녀올 적만 해
도 기후 편안하시어 대단한 병환 없이 편히 계시다 하였고,
생존이 다녀와서도 할머니 건강이 올해는 쾌히 편안하시더
라 하는 것이 그지없이 기뻐하였습니다. 올해는 아무튼 우
리 쪽의 병세가 그치면 다시 가서 뵈려고 마음을 정해 두고
가을이 오기를 근근이 기다리고 있었습니다만 뜻밖에 망
극한 기별이 오니 천하에 이런 망극하고 서러운 일이 없어
서 주야로 울면서 가 뵙지는 못하니 더욱 애달픕니다. 그러

던 중에 편치 않으시게 계신다는 기별이나 듣고 있다가 망
극 망극한 상사 부음을 보내시니 소식을 듣고 즉시 혼절하
였다가 넋이나마 가서 뵙고자 밤낮을 울었지만 속절없습니
다. 딸자식은 죄인이로소이다. 그렇지만 "아들 같았으면 아
무리 병이 들은들 아니 가랴"라고 헤아리니 더욱더욱 망극
하고 서러워 주야로 웁니다. 비록 지하에 가 계셔도 잊지 아
니하실 것이니 부디부디 장사를 치르기 전에 나가서 뵙겠
습니다. 천하의 큰 죄를 짓고 나와 있으니 우리 삼 형제는
다 임종을 지키지 못하고 영영 여의오니 이런 슬픔과 서러
움은 부들부들 떨립니다. 하도 갑갑하고 서러워 돌아가신
일이 헛일인 듯하나 정을 지체하지 못하여 이렇게 편지로
아룁니다. 그리워하며 슬피 우는 자식이 사룀.

<현풍곽씨가160, 1622, 딸 → 진주하씨(친정어머니)>

가을에 할머니를 찾아뵈려고 생각했던 손녀는 할머니의
편찮다는 소식을 듣게 된다. 그러나 시댁의 누군가 아프고 자
신도 병이 들어 미루고 있다가 그만 할머니의 부음을 듣고 말
았다. 자신을 포함한 여형제 모두가 할머니의 임종을 지키지
못했다는 사실에 슬프고 서러워 부들부들 떨릴 정도다. 할머
니의 부음을 듣고 혼절하기도 하고 밤낮으로 울어도 아무 소
용이 없음을 알지만 그래도 손녀는 서럽기만 하다. 급기야 여
자로 태어남이 죄인이라며 한탄하기에 이른다. 남자였다면 무
슨 일이 있어도 할머니를 찾아뵙고 왔을 텐데 그렇게 하지 못
한 자신을 책망한다. 가까스로 감정을 진정시킨 손녀는 친정

어머니에게 할머니의 장례를 치르기 전에 친정으로 꼭 가겠다며 편지로 먼저 소식을 보낸다.

비록 몸은 멀리 떨어져 있어도 마음만은 친정집이 있는 방향으로 하루에도 수십 번 바라보며 눈시울을 붉히지 않았을까. 그녀는 자신의 부재로 인해 시댁 식구들이 불편하지 않도록 집안 정리를 서둘러 끝내고 친정집으로 향했을 것이다. 자신을 그토록 예뻐해 주시던 할머니의 마지막 길을 배웅하며 잠시 고향 집에 머물며 할머니와의 추억을 떠올려 보면서 말이다.

2. 여자로 태어남이 원통합니다

　　결혼은 한 남자가, 한 여자가, 인생의 동반자를 만나 한평생 서로 사랑하며 행복한 가정을 꾸려 나가기 위해 부부 관계를 맺는 것이다. 그러나 조선시대의 결혼은 가문끼리, 양 가 부모끼리 혼인 약정으로 이루어졌다. 시대가 만들어 놓은 사회제도와 관습은 여성에게 열등감, 소외, 좌절, 정체성 혼란, 존재의 부정 등으로 이어진다.

　　문안 아뢰옵고, 초가을에 객지에 계신 기체후 한결같이 만강하시고 아버님께서도 기체후 만강하시며 간간 어여 쁜 우리 용희도 충실합니까? (…) 인희는 떼어놓고 가신 뒤 에 그다지 보채지는 아니하여도 연오와 자꾸 싸워서 성가 십니다. (…) 인희는 데려가시는 게 좋을 듯합니다. 어머님도 좀 여러 가지로 생각하여 보십시오. 여기에다 아들을 두어 야 하겠습니까? 아니면 어머니가 데리고 계셔야 하겠습니 까? 깊이 생각하여 보십시오. 저는 아니할 수 없이 데려가 라는 말씀을 여쭐 수는 없습니다. 저는 항상 부모님이 이같 이 길러서 죽을 듯하다가, 얼마후 아주 부모님 슬하를 떠날 일을 생각하면 서글픔을 견줄 데 없습니다. (…) 우리 집 형 편대로 보통 혼수는 되게 하여 주셔야 하지 않겠습니까? 판

임관의 딸이라고 보통 혼수도 해 오는 처지가 못 되면 남부
끄러움을 어찌 면하며, 남의 비웃음을 어찌 면합니까? 그리
고 또 해까지 묵히고, 여러 가지로 남의 웃음거리고 비평 거
리가 아니겠습니까? 해를 묵힌 대야 한 번 인사나 닦았습니
까? 어머니께서도 해를 묵었다면서 그같이 예절을 모르십
니까? 저를 기르실 때는 늘 하시는 말씀이 형도 아우도 없
는 집으로 남의 외며느리를 준다고 벼르시더니, 어머님께
서는 바라던 소원을 이루었으니 오죽 좋으시겠지만, 저는
인생이 세상에 나서 백만 가지 일이 남과 같지 못하며, 어머
님 바라시던 소원대로 남의 외며느리가 됨을 생각하면 참
으로 원통하고, 죄 많은 사람이 남의 외며느리가 된다더니
전생과 이승에 무슨 죄로 남의 외며느리가 되었는고. 아마
도 어머니 말이 문서라더니 어머니 말씀과 같이 되느라고
그렇게 된 줄로 생각합니다. 저는 바라던 소망이 여러 형제
되는 곳에서 둘째 며느리가 되기를 바라던 터였습니다. 이
와 같이 못 한 까닭에 하루에도 열두 번을 죽고 싶은 생각만
가슴에 가득합니다. 아버지께서도 무엇을 바라고 그리 혼
인을 정하셨는지요? 참으로 애달픕니다.

<전주이씨가45, 1932, 이인애(딸) → 전주최씨(어머니)>

어머니는 어린 자식 한 명을 데리고 타지에서 벼슬살이하
는 아버지에게 가버린다. 아직 어머니의 손길이 필요한 동생
들을 자기에게 맡겨 두고 말이다. 딸은 동생들이 자주 싸우자
어머니에게 누가 아이를 길러야 하는지 잘 생각해보라고 한
다. 그리고 자신의 혼처를 어머니 마음대로 정하고 혼수품을

제대로 준비해 주지 않은 것, 해를 넘기고 혼인을 하게 되었음에도 사돈댁에 인사하지 않는 일 등과 관련하여 딸은 체면이나 예절을 생각하지 않는 어머니에게 분노를 표출한다. 더구나 평소 자신의 소망은 형제 많은 집에 둘째 며느리로 시집가는 것이었다. 그런데 어머니가 바라던 대로 자신을 외며느리로 보내려고 하자 원통하고 하루에도 열두 번 죽고 싶다는 말까지 어머니에게 말한다. 급기야 이런 지경에 이를 때까지 아버지는 무슨 생각으로 그렇게 혼인을 정한 것인지 따져 묻기도 한다.

자유연애가 금지되었던 시대의 결혼은 당사자가 아닌 주혼자가 결혼을 주관하였다. 주혼자는 대체로 부모였고, 집안끼리 혼담이 오가며 자식들의 결혼을 성사시켰다. 정작 혼인 당사자끼리는 얼굴도 보지 못한 채 혼례를 치렀다. 가문이나 신분에 따라 혼인이 결정되었기에 당사자 간의 사랑은 철저히 배제되었다.

> 문안 아뢰옵고, 설을 쇠고 나서 우리 집 소식이 아득히 막혀 때때로 궁금하고 답답하여 미칠 듯한 마음 가누지 못하다가, 천만뜻밖에 우리 아버님께서 내려주신 글월을 받고 보니 그때의 반가운 마음 무엇에 비하겠습니다. 편지를 받은 지 하루 남짓 되니 새로 궁금하고 답답한 마음 헤아릴 수 없습니다. (…) 때로 보고 싶은 우리 동생 용희가 나이를 더 먹으니 온갖 재롱이 더욱 새로울 듯, 보고 싶은 마음 헤아릴

수 없으며, 나날이 가고 올수록 우리 부모님과 형제들 그리운 생각이 간절히 솟아나면 더욱 미칠 듯하여 마음을 가눌 길 없습니다. 이 세상에 여자로 태어남이 똑똑히 원통하고 분한 마음 헤아릴 수 없습니다.

<전주이씨가40, 1932, 이인애(딸) ⟶ 이문주(아버지)>

문안 아뢰옵고, 달포 사이 우리 집 안부를 듣지 못하여 때때로 궁금하고 답답하기 미칠 듯한 마음 가누지 못하던 겨를에, 뜻밖에 우리 아버님께서 내려주신 글월을 받고 보니 기쁘고도 슬픕니다. 저와 같은 인생은 부모님께 쓸데없는 것이라 무슨 소용이 있겠습니까? 이 같은 것을 자식이라고 편지를 하시나 하는 생각을 하니 하염없이 눈물이 흘러내려 옷깃을 적십니다. 지난해 이맘때는 우리 부모님 슬하에서 따뜻한 사랑을 받고 동향면에서 종조부님 제사를 받들기 위해 우리 부모님 두 분의 슬하를 따라 모정리를 방문할 적에는 기쁨을 머금고 다녔습니다. 참으로 그때가 좋은 때였던 것 같습니다. 지난해 제사에는 장마가 온 때라도 동향면에서 갔었는데, 올해는 날씨도 맑은데 무엇이 부족하기에 어찌하여 못 가는지 여자로 됨이 한심하기만 할 뿐만 아니라 한없이 원통한 이 마음을 어디 가서 푸오리까? 저와 같은 인생은 부모님께는 자식도 아니요. 형제들에게 형제도 아니요. 부모님께 애물이라. 이런 자식은 천만이라도 무슨 소용이 있겠습니까? 딸자식이라도 부모님 그리운 줄이야 알겠지마는 어찌하여 따뜻한 우리 부모님 슬하에 있지 못하고 무슨 죄가 커 제 부모 슬하를 떠나 멀고 먼 백 여리

밖에 듣지도 보지도 못한 남의 집에 외로이 와서 두루 갖은
고통을 받고 사는 일을 생각하면, 여자로 됨이 원통하기만
하며, 여러 가지로 생각하면 쓸쓸한 생각과 한심한 생각뿐
입니다.

<전주이씨가38, 1932, 이인애(딸) → 이문주(아버지)>

화자는 자기의 혼처가 정해졌을 때는 부모를 원망하였다.
그러나 막상 시집을 오니 친정에 대한 그리움이 커져만 갔다.
그러던 중에 아버지의 편지를 받은 딸은 기쁘면서 슬프다. 시
간이 지날수록 부모님과 동생들이 보고 싶고 눈에 아련하다.
아버지의 마음이 담긴 편지를 읽는 동안 함께 살던 시절의 추
억과 부모님의 사랑을 받고 자랐음을 자각하게 된다. 장마에
도 불구하고 증조부의 제사 참석차 부모님을 따라갔었는데,
올해는 날씨가 맑은데도 가지 못하는 현실에 여자로 태어난
것이 못내 한스럽고 원통하기만 하다. "어찌하여 따듯한 부모
님 슬하에 있지 못하고 무슨 죄가 커 제 부모 슬하를 떠나 멀
고 먼 백 리 밖에 듣지도 보지도 못한 남의 집에 외로이 와서
두루 갖은 고통을 받고 사는 일"을 생각하면 할수록 여자로 태
어난 것이 억울하고 서럽다.

부모와 형제를 떠나 시댁의 가족 체계 속으로 들어온 화
자는 가족 구성원으로 융합되지 못하고 주변인으로 서성거린
다. 결혼한 지 일 년 만에 시어머니의 상사를 겪고 아픈 시아버
지의 간호와 나이 어린 철없는 신랑에 궁핍한 살림까지 그녀

의 결혼생활은 절망감 그 자체였다. 급기야 그녀는 여자로 태어남이 원통하다며 존재를 부정하는 지경에 이른다. 그래서일까. 그녀는 결혼한 지 일 년 만에 아이를 낳다가 죽고 말았다. 그리고 친정아버지는 그런 딸에게 미안했던 것일까. 딸이 죽고 난 후 아버지는 딸의 무덤가에 비석을 세워주었다.

딸아, 아버지가 곧 가마

돌아간 후 달포 되어도 전해지는 소식도 듣지 못하니 궁금하기 그지없다. 요사이 일기가 고르지 못한데 사돈 내외분도 근력이 강건하시고 사위도 별 탈 없고 공부 착실하시고 집안 여러분들도 안녕하시며 너도 병 없이 잘 지내느냐? (…) 어른들 걱정이나 시키지 않느냐? 백 번 조심하여 말없이 지내기 믿는다. 할 말 많으나 바쁜 중에 잠시 적는다.

<광산김씨가59, 친정어머니 → 시집간 딸>

며칠 사이에 집안 어른들 모시고 평길하고, 집안 모두가 평안하시냐? 두루 간절하다. 며칠 전에 사돈께서 오셔서 반찬 없는 악식(惡食)에 고생하시고, 그 수중에 가셨으니 병환이나 안 나셨는지 궁금하고 답답하다. 아이들 무고한 소식은 들었느냐? 떠날 때 의복과 양식을 이제야 간신히 변통하여 오늘에야 보낸다. 나는 아직 성하나 할머니께서 심한 더위에 늘 편치 못하시니 민망하고 답답하다. 명태 일부를 보내니 반찬이나 하여라. 죽사(실처럼 가늘게 쪼갠 대오리) 한 기를

보내니 너의 시조모께 드려라. 권생원 빨리 보면 동행하여 빨리 가마. 밀은 아직 아니 타작했으니 빨리하는 대로 나누어 보내마. 떠날 때 옷 가끔 갖다가 빨아주어라. 이 논에서 점심 먹게 곧 보내어라. 두어 자 간신히 적으니 보아라. 그믐날 아버지 씀

<광산김씨가63, 친정아버지 → 시집간 딸>

그동안 집안 어른들 모시고 별 탈 없는 일은 다행이다. 네가 온 후 너의 탈 없는 모양이 눈에 어리나 네가 시집살이 잘할수록 효성이 기특한 일이다. 나는 어머님께서 기침 그저 그러시니 뵙기 애가 탄다. 조금도 집 생각은 말고 시부모께 효성으로 하여라. 중절은 혼인을 마쳤고, 새색시는 극진하니 다행이나 지내어 두고 보아야 알 것이다. 보름 사이 한 번 가마. 길 다니지 말라. 정신없어 이만 그친다. 당일 아버지

<광산김씨가64, 친정아버지 → 시집간 딸>

모두 광산김씨 가문의 편지로 친정 부모가 시집간 딸에게 보낸 것이다. 첫 번째 편지는 친정어머니가 보낸 것으로 딸의 시댁 안부와 딸의 건강을 묻고 있는 내용이다. 어머니는 시집살이의 어려움을 누구보다 잘 알고 있기에 딸에게 백 번 조심하고 순종하며 시댁에서 잘 지내길 당부한다. 두 번째, 세 번째 편지는 아버지가 보낸 것으로 사돈이 자신의 집에 방문하였을 때 제대로 대접하지 못한 일이 마음에 걸려 딸에게 사돈의 건

강과 안부를 묻고 있다. 그러면서 의복과 양식 그리고 생선을 챙겨 보내주거나 시조모에게 드리라면서 대오리를 보내주는 모습에서 자상한 아버지의 마음을 엿볼 수 있다. 아버지는 딸에게 시집살이를 잘하고 효성을 다해 시부모를 모시라고 거듭 당부하면서 보름 사이에 딸을 보러 가겠다고 한다. 딸은 아버지가 살뜰히 챙겨 보내준 물건들을 하나하나 만져보면서 아버지를 그리워하며 기다리지 않았을까.

3. 일상에 찌든 며느리를 근친(親親) 보내고자 합니다

　　딸자식은 출가외인이라지만 그래도 친정 부모에게 는 여전히 귀하고 예쁜 자식이다. 친정 부모는 딸이 시댁에서 사랑받기를 바라며 살림에 필요한 물건들을 챙겨 보낸다. 친 정 부모님이 보낸 편지와 물건을 보며 딸은 그리움의 정한을 한 올 한 올 풀다가 다시 엮기도 했다. 그렇다면 누구보다 친정 에 대한 그리움을 잘 아는 시어머니는 며느리에게 무엇을 해 주었을까. 한 시대를 함께 살아가는 여성으로서 공감대와 그 들만의 문화가 자못 궁금하다.

오라버님, 나도 친정에 가고 싶소

　　반보기의 어원은 '양갓집의 중간 위치에서 만나본다'라는 뜻과 '하루해의 절반 나절만 만난다'라는 두 가지 뜻에서 기원 하였다. 우리 풍속의 하나인 반보기는 중로보기, 중로상봉(中 路相逢) 등으로도 불린다.

　　전통 유교 사회는 부녀자들의 외출이 자유롭지 못하고 출 가외인의 법도를 중요시했다. 공식적으로 양갓집의 중간지점에서 만날 수 있었던 반보기는 보통 한여름이나 겨울철 휴한기를 택했고 추석 무렵에도 많이 행했다.

하도하도 보고저워 반보기를 허락받아
이내 몸이 절반 길을 가고
친정어메 절반을 오시어
새중간의 복바위에서 눈물 콧물 다 흘리며
엄마 엄마 울 엄마야 날 보내고 어이 살았노
딸아 딸아 연지 딸아
너를 삶아 먹을 것을 너를 끓여 먹을 것을
그랬더라면 니 꼬라지 이리 험악하지는 않지
밥 못 먹고 살았구나 잠 못 자고 살았구나
금옥 같던 두 손이 다 갈구리가 되었구나
구슬 같은 두 볼이 다 돌짝밭이 되었구나
금쪽같은 정내 딸이 부엌 강아지 다 되었네
모질도다 모질도다 그 댁 인심 모질도다
안사돈에 바깥사돈 그 댁 식구 그 댁 친척
그 댁 일가 일솔들이 하나같이 모질도다
자기들도 시집 살았거든 어이 이리 부렸는고
자기네도 딸이거든 남의 딸을 이 꼴 했노

<민요 반보기 중에서>

딸은 시댁에서 한나절을 허락받아 친정어머니를 만나기 위해 길을 떠난다. 친정집도 아닌 중간지점에서 만나기로 한 어머니와 딸의 발걸음이 빨라진다. 어느새 복바위에 도착한

어머니와 딸, 딸은 어머니 품에 안기어 그리움과 설움을 토해 낸다. 어머니는 그런 딸의 등을 말없이 어루만져주고 손도 잡 아보고 얼굴도 만져본다. 백옥 같은 피부는 푸석해졌고 보드 랍던 두 손은 가뭄에 논바닥처럼 쩍쩍 갈라졌다. 목이 멘다. 딸 의 시집살이를 너무나도 잘 아는 어머니는 그저 눈물만 훔친 다. 하지만 어머니는 이내 마음을 다잡고 딸을 위해 며칠 동안 준비해 두었던 음식 보따리를 푼다. 그 속에는 딸이 평소 좋아 했던 음식들이 잔뜩 들어 있었다.

새소리는 풍악이요, 바람은 무희의 옷소매라. 모녀의 웃음 소리는 세상을 두루두루 비추는 햇살이 되어 천지를 뒤덮었 다. 짧은 시간이지만 그들은 바위 위에 한 상 가득 차려 서로의 입에 넣어주며 모녀의 정을 나누었다.

어떤 사람들은 동기간 인정이 특별히 두드러져서 자주 왔 다 갔다 하는 것을 보니 부럽기 그지없어 우리 오라버니는 언제 저를 찾아오시려는지, 보고 싶기가 끝이 없고 만나보 기가 한입니다. '공산의 두견새야 불여귀를 찾지 마라. 우리 친정 가고 싶네. 네 소리 들려서 내 심사 둘 데 없다. 명절을 맞으니 여러 조카와 어린아이들이 고운 의복 갈아입고 그네 타러 오락가락하는 것이 내 눈앞에 아주 뚜렷하여 자세히 보고 싶고 그립다' 바로 이제 솥뚜껑을 얼마든지 사서 두었 다 하면 돈을 가지고 가서 찾아오든지 할 것이니, 바로 이제 농사철을 맞고 몹시 구차하고 가난하기가 그지없습니다.

<순흥안씨가19, 여동생 → 친정오빠>

여동생이 추석을 앞두고 친정 오빠에게 보낸 편지이다. 여동생은 오빠에 대한 그리움을 전하며 언제 꼭 한 번 자신이 사는 곳으로 찾아와주길 오빠에게 간곡히 부탁한다. 그러면서 민요 한 가락에 자신의 한(恨)을 담은 편지를 보낸다.

'출가외인'이라는 말이 낯설지 않았던 시절, 시집간 여성들의 친정 나들이가 쉽지 않았다. '근친(覲親)'은 시집간 여성이 시부모에게 허락을 받아 친정에 가서 부모님을 뵙는 풍속이다. 보통 명절이나 친정 부모의 생신 또는 제삿날에만 근친을 갈 수 있었지만, 이 역시 잘 지켜지지 않아 농사철을 피해 휴한기에 근친이 허락되기도 했다. 근친이 여의치 않을 때는 반보기를 하여 친정 식구를 만나도록 하였다.

근친이든 반보기이든 친정 부모님을 뵐 수만 있다면 그 시간이 길든 짧든 무슨 상관이 있으랴. 그러나 이마저도 쉽지 않았던 것이 당시 여성들의 삶이었다.

며느리를 근친이나 보내고자 합니다

누군가의 딸이었고 누군가의 며느리이었던 그녀는 어느새 시어머니가 되었다. 여자의 마음은 여자가 안다고 하지 않았던가. 누구보다 시집살이를 잘 알고 있던 시어머니는 며칠만이라도 고단한 며느리를 친정에 보내려고 하였다.

그처럼 기력이 처진 모양으로 떠나시니 답답하고 걱정되는 마음을 헤아릴 수 없는데, 장마도 하도 괴상하니 길에서 거듭 낭패를 겪을 뿐 아니라 분명히 병환을 더쳐 계실 듯하니 잦은 염려로 가슴 속이 다 녹을 듯합니다. 떠나신 뒤로 열흘이 몇 번이나 넘었으나 소식을 알 길이 없으니, 밤낮으로 울적하고 두려운 마음은 봄날의 얼음을 디디는 듯합니다. (…) 며느리도 성하지만 여러 가지 일로 말미암아 골몰에 찌들어 줄곧 거동이 낫지 아니하니 안쓰럽고 하여 칠월 사이에 근친이나 보내려 합니다.

<의성김씨가26, 1847, 여강이씨(아내) → 김진화(남편)>

　　여강이씨가 전남 능주목사로 가 있던 남편 김진화에게 보낸 편지이다. 남편이 능주로 떠난 뒤 소식이 없자 마음이 울적하고, 외지에서 아픈 몸으로 있을 남편 생각에 걱정이 몰려든다. 아내는 떠난 남편이 무사하다는 소식을 듣기 전까지 봄날에 녹아내리는 얼음을 디디는 듯 조마조마하다. 그러면서도 여러 가지 일로 힘들어하는 며느리가 안쓰러워 친정에 보내기로 했다는 내용을 적어 보낸다. 시집살이가 고추보다 맵다고 하지만 시어머니의 며느리에 대한 배려와 애정이 있다면 시집살이도 견딜 만하다. 하지만 시어머니가 근친을 보내주겠다고 하였으나 피치 못할 사정으로 친정에 가지 못한 며느리도 있었다.

문안 아뢰옵고, 그동안 문안이 오래 막히니, 답답하고 궁금한 그리움을 내려놓지 못하며, 여름을 맞아 기체후 대단히 더치신 병환이나 없으시어 안녕하시고, 잠자리에 나고 드는 일이며 근력이 어떠하시며, 진지 잡수시기 어떠하신지요? 아무 도움도 드리지 못한 채로 우러러 답답하고 궁금한 마음을 부려 놓은 적이 없으며, 여기는 큰 어머님께서 가끔 앓으시니 절박하고 민망한 마음 헤아릴 수 없고, 새댁의 남매는 한가지이오니 다행입니다. (…) 저는 눈병과 갖가지 풍병으로 견디기 어려워 시틋합니다. 봉대집 기별이 아득하니 답답하고 궁금한 마음 헤아릴 수 없고, 봄에 근친을 가려고 하다가 마침내 못 가니 절박합니다. 아뢸 말씀 남으나 굽어보심 두려워 이만 아뢰며, 내내 기체후 만안하시다는 문안 빨리 듣기를 빕니다. 질부 사룀.

<의성김씨가146, 1848, 조카며느리 ┈→ 김진화(큰아버지)>

위의 편지는 조카며느리가 큰아버지 김진화에게 보낸 것이다. 화자는 시댁 어른들을 모시고 살면서 새 며느리도 얻었다. 이제 여유가 조금 생긴 화자는 어른들의 허락을 받아 친정에 다녀오려고 마음먹었다. 그런데 시댁 어른들이 아프시고 자신도 눈병과 풍병 때문으로 고생하고 있다. 친정에 가지 못한 화자는 절박한 마음을 편지에 담아본다.

김진화(金鎭華, 1793~1850): 경북 안동, 의성김씨 학봉 김성일의 30세손, 1828년, 뛰어난 학문과 덕행으로 천거되어 벼슬길에 오른다. 창릉 참봉으로 제수된 김진화는 자문감봉사, 한성부판관을 지냈으며, 외직으로 나가 아산현감·진산군수·청송도호부사·원주목판관 등을 지냈다. 김진화가 1834년 아산현감(1833~1835)으로 있을 당시 흉년으로 피해를 본 백성들을 구휼한 공적으로 포상을 받았다는 기록이 있을 정도로 덕행이 뛰어났다. 무장현감 재임 시절(1846~1848)에 어사 유치숭이 김진화의 치적이 현저하다는 내용을 임금에게 아뢰어 1848년 12월 22일에 능주목사가 되었다. 1850년 1월에는 통정대부에 가자(加資)되어 당상(堂上)에 올랐다.

여강이씨(1792~1862): 경북 경주시 양동에서 태어났다. 아버지 이원상(李元祥, 1762~1813)은 무첨당 이의윤(李宜潤)의 7대손으로 무첨당 종손이다. 이의윤은 회재 이언적의 양자인 이응인의 큰아들이다. 이원상은 이강재에게 가르침을 받았으며 형제간의 우애가 돈독하고 문학까지 겸비한 인물이다. 여강이씨의 어머니는 연안이씨로 첨지중추부사를 지낸 강재 이승연(李承延, 1720~1806)의 딸이다. 연안이씨는 정숙하고 단정하며 사대부가 여성의 모범이 되었다. 여강이씨의 친정과 시댁은 모두 영남학파의 학통을 이어받은 가문으로 여강이씨 또한 부덕(婦德)을 갖춘 사대부 여성이었다.

4. 아침저녁으로 네가 대문으로
들어오는 것 같구나

근친은 며느리에게 잠시 휴가를 주는 시어른들의 배려다. 하지만 근친을 보낸 며느리가 오랫동안 친정에 머물며 집으로 돌아오지 않아 시댁과의 갈등을 유발하는 경우가 종종 발생하곤 하였다.

며늘아기 보아라.

네가 근친(친정에) 간 지 벌써 시간이 흘러 한 달이 다 되어가고, 또 전에 너의 편지도 보았다. 애야, 더운 여름날 그냥 너를 보내고 나니 아침저녁으로 네가 대문으로 들어오는 것 같구나. (…) 애야, 얼굴을 보고 말하는 것과 편지에서 하는 말이 다르다고 하더라. 또 얼굴을 대하고 3, 4년을 두고 야단이라도 치고 타이르기도 하고 달래보기도 가르쳐보기도 하여, 나는 다른 사람과 같지는 못하더라도 어느 정도 따라갔으면 하는 진실한 마음에 (그랬다.) 너야 실행을 하든 말든 나로서는 의무적으로 너에게 마지못하여서라도 단한 가지라도 시키는 대로 하여 주었으면 하는 (마음이) 뼈에 사무치는 한이다. (…) 네가 설혹 부족한 점이 있다고 할지라도 덮어주고 묻어주는 것이 인정이고 도리가 아니겠는가마는 이 마음을 조금이라도 너도 다시 한번 더 생각해서 깊

이 마음에 새겨 잊지 않겠다고 다시 한번 결심하여 한 가지
씩이라도 고친다면 (…) 여자는 결혼하면 시가의 풍속을 따
르는 것이 원칙이다. 그래야 시부모의 사랑도 받고 신랑의
믿음도 받고 일가에 단란하고 화기가 가득하며 현모양처가
되는 것이다. 그것이 그렇게 어려운 것도 없다. 즉 시부모와
가장이 시키는 대로만 하면 되는 것이다. (…) 바깥에서 시
키는 것만 하면, 실행하면 일가에 화기가 가득하고 시부모
의 사랑도 끝이 없고 가장에게도 귀염을 받고, 아래 시동생
들에게도 신임과 존경을 받을 것이 아닌가 말이다. (…) 다른
사람을 원망하지 말고 자신의 실력을 반성하기를 바란다.
그러면 우선 너의 장래가 끝이 없을 것을 알아 두어라.

<안동진성이씨가17, 시아버지 → 진성이씨(며느리)>

조선후기로 갈수록 가부장적 체제가 깊이 뿌리박히면서
남존여비 사상이 일상생활 곳곳에 스며들었다. 반면 전통적인
사회규범을 지양할 경험적이고 실증적인 새로운 인식 태도를
찾으려는 실학의 등장, 천주교의 평등사상, 국문 소설의 보급,
여성들의 독서 열풍 등으로 당대 현실에 저항하는 여성들의
자아의식이 나타나기도 했다.

위의 내용은 시아버지가 근친 간 며느리가 돌아오지 않자
며느리에게 편지를 보낸 것으로 20세기 초중반에 작성된 것이
다. 이 시기는 앞 시대와 달리 여성들이 현실을 자각하고 정체
성에 회의를 느끼기 시작했다.

편지에서 시아버지는 전형적인 가부장적 태도를 가진 인

물로 확인된다. 며느리에게 시집을 왔으면 시대의 질서에 순응하고 다른 가족을 위해 희생하면서 고난을 극복하여야만 비로소 여자의 미래가 있다고 말한다. 즉, 시가의 풍속을 따르고 시부모와 남편이 시키는 대로만 하면 된다고 한다.

　여성의 역할은 출산과 가족의 안녕을 보존하는 종속적인 임무를 수행하는 것이다. 이때 여성들은 아들을 낳아 대를 이어야만 존재의 의미를 부여받는다. 부권 중심의 사회제도에서 여성들은 부당한 명령에도 복종하며 따라야 한다는 것이다. 그러나 며느리는 전통적 윤리관을 내세우는 시댁 식구들의 배타적인 태도에 순종하는 여성이 아니었다. 어쨌든 시아버지의 편지를 받은 며느리는 다시 시댁으로 돌아와 아들 둘을 낳았다. 하지만 그사이에도 틈틈이 친정에 머물다 오는 경우가 있었나 보다. 며느리는 '시댁'이라는 가족 체계 안에 들어서지 못하고 주변인으로서 시댁의 테두리만 맴돌고 있었다.

　　처음 우리 문중에 들어와서 이른바 친정이라 한 가지도 아직 잘 모르고 몸과 마음을 만 가지 허비하며 신경을 써야 하는 시국 관계도 있지만, 뜻한 모든 일이 오죽이나 어수선 하겠느냐. 다만 장래에 어수선한 것이 여자의 일로 바뀔 기로에 서 있으니 미리미리 급한 것을 깨닫기를 바란다. 처음 근친에서 친정 소식 궁금하게 생각하여 어린 마음을 허비 하니 애처롭구나.

　　　　　　<안동진성이씨가12, 시할머니 → 진성이씨(손주며느리)>

친정에 다녀온 후 마음을 잡지 못한다는 소식에 시할머니는 손자며느리에게 편지를 쓴다. 시할머니도 동시대를 함께 살아가는 여성으로 손자며느리의 심정을 잘 알고 있다. 그러면서도 시집을 왔으니 시댁의 질서에 빨리 순응하며 마음을 다잡기를 바란다. 당대의 현실을 그대로 받아들이며 살았던 시할머니의 말씀을 과연 손자며느리는 이해하며 살았을까.

대체 어떻게 하겠다는 건지 참 모를 일이요. 비록 출산하여 목숨을 건 큰일을 치렀어도 모두 건강하다면 이젠 할 일을 해야 하지 않겠소. 시제와 김장 등 월동을 위한 준비가 있고 또 환갑 때 어쩔 수 없는 사정으로 오지 못하였으면 자식 된 도리라기보다 인간 도리로라도, 인정으로라도, 하루바삐 오는 것이 피차에 좋을 터인데 "어떻게"하고 답신을 기다리는 것은 무엇을 뜻하는 건지 도무지 추측할 수 없는 안타까움이 가슴을 조이게 하니 나는 어떻게 하란 말이오. 이제 당신이 오고 싶으면 오고, 가고 싶으면 가도록 하시오. 지난 수년의 시간 동안 시간의 이르고 늦은 것은 있어도 언제든 친정을 가겠다는 말이 있을 때 아니 간 때가 있는지. 이젠 정말 지쳐버릴 정도요. 서신으로 이런 말 하면 도리에 맞지 않고 당신의 감정을 촉발시키는 일인 줄 짐작하지만 몇 시간 동안의 생각은 결국 전후 사정 이해 따위 멀리 간 조각배처럼 생각할 겨를이 없소. 물론 급한 성격의 소행인지는 모르는 일이지만. 차라리 멀리 떠나 인간 가족이라는 명제가 없는 곳이 더욱 동경의 대상이 되니 젊음이 한스러울 정도요. 그만 끝을 맺는 것이 좋을 듯 그만두려오.

<안동진성이씨가1, 김태덕(남편) → 진성이씨(아내)>

출산을 위해 친정에 머무는 아내에게 남편이 보낸 편지이
다. 건강하게 아이를 낳고 아내도 몸이 괜찮아졌다고 하니 이
제 집으로 돌아와 시제(時祭) 준비와 김장을 해야 하지 않느냐
면서 아내에게 빨리 집으로 오기를 재촉하고 있다. 아마도 이
편지에 앞서 남편은 집으로 돌아오라고 하는 내용을 이미 아
내에게 보냈던 것으로 보인다. 하지만 아내는 '어떻게'라며 아
직 시댁으로 돌아가기에는 몸과 마음의 준비가 되지 않는 상
태임을 남편에게 알렸다.

시댁이라는 가족 체계 안에 스며들지 못하는 아내를 가장
이해하고 보듬어 줄 사람은 남편이다. 하지만 그런 면에서 편
지 속의 남편은 다소 거리가 있어 보인다. 며느리가 시댁으로
복귀하지 않는 것에 대해 시아버지의 분노, 빨리 집으로 돌아
와 며느리의 도리를 할 것을 재촉하는 남편 사이에서 살았던
여성은 과연 자신의 삶을 만족하며 살았을까.

당대 남성들은 여성들이 기존의 가치와 질서에 순응하고
가족을 위해 희생하며 살아야 비로소 정체성을 찾는다고 한
다. 즉 여성이 출산과 가족의 안녕을 위해 존재하며 여기에 가
치를 부여했던 남성들이 가지고 있었던 여성에 대한 인식의
한계였다.

3장
선조들의 일상과 회한(悔恨)

　버지니아 울프의 단편소설 〈등대로〉를 읽으면서 왜 그들이 생각났던 것일까. 〈등대로〉속 램지씨 부인을 보았다면 아마 그들 역시도 그런 생각을 하지 않았을까. 모두가 잠든 밤, 램지씨 부인은 홀로 창가에 앉아 파도 소리를 듣는 것이 무척 좋았다. 자신에게 주어진 평화였고 안식만이 있는 오로지 자신을 위한 시간이었다. 사색에 잠기든 말든, 생각하든 말든 아무 상관이 없다. 어둠 속에서 등대의 빛줄기를 바라보는 그 순간만큼은 진정한 자신이 될 수 있었다. 그녀에게 혼자만의 시간이 없었다면 아마도 삶의 무게를 견디지 못했을 것이다. 매일 남을 돌보는 삶 속에서 그녀는 자신을 내려놓아야만 했고, 그것은 자아가 없는 무의미로 이어지기 때문이었다.

　그녀가 생각했던 결혼은 인생 최고의 것이자 피난처였다. 삶의 가치와 의미를 결혼에서 찾으려 했던 그녀가 미처 알지 못한 것이 있었다. 그것은 바로 허무였다. 오십이 된 그녀는 혼자만의 시간에서만 오롯하게 느낄 수 있는 자유와 평화 그리고 등대의 빛줄기에서 그나마 자신을 볼 수 있었다. 울프의 다른 작품 〈댈

러웨이 부인〉에서 댈러웨이 부인은 그 누구보다 삶을 사랑하고 새롭게 창조하려는 사람이다. 비록 여자들에게만 강요되는 처녀성, 즉 남편이 아내의 순결을 요구하고 성적 쾌락을 알지 못하도록 하는, 평생 불감증에 시달리는 아내를 탓하는 그런 시대에 살고 있을지라도 그녀는 삶을 사랑하고자 하였다. 조선시대 편지 속의 여성들 역시 타인을 위해 평생 살았지만 그래도 자신과 삶을 사랑했다.

1. 음식의 기본은 장맛

　　빙허각 이씨(1759~1824년)가 쓴 『규합총서』에는 술, 음식, 바느질, 길쌈, 병 다스리기 등 일상생활에 필요한 생활사들이 세세하게 기록되어 있다. "장은 팔진(八珍)의 주인이요, 온갖 맛의 으뜸이다. 장맛이 사나우면 비록 진기하고 맛난 반찬일지라도 조화를 이루지 못한다. 그래서 우리 풍속엔 장을 담글 때도 좋은 날을 택하는데, 이는 벌레가 없도록 하기 위해서고, 장 담그는 물을 특별히 좋은 물을 쓰는 것은 장맛이 좋게 하기 위해서다. 또한 장독을 깨끗이 씻고 물기를 없애는 것 역시 장맛을 좋게 하고 벌레가 생기지 않게 함이다"라 하였다.

　　건넌 집에 메주 열일곱 말이 있다. 가져다가 집에 있는 그 장독까지 가져다가 네게 담아 두어라. 소금 받을 무명을 아무 곳에서라도 한 필만 꾸어 받아라. 하도 옷을 얻지 못하거든 성만이의 공물 태모시를 바꿀망정 즉시 담아라. 애달아 너를 시킨다. 개덕이의 공물도 받아 네게 두었다가 보내라. 이렇게 매우 심란하니 장은 정성을 다하여 담아라. 네 쌀은 아무래도 보내지 못하니 무명이나 사 보내고자 한다. 가까스로 벌어 무명 두 필 보낸다. 한 필은 소금 받고 한 필일랑 내어 겹갈음옷에 비단 아주 촘촘하고 두껍고 붉은 것 사 보

신천강씨 언간(출처: 『조선시대의 한글편지, 언간(諺簡)』, 황문환 지음, 도서출판 역락, 2015)

내라. 아무나 오는 사람 하여 네 자지(紫芝, 자주색 염료)와 함
께 빨리 보내라.

<순천김씨묘14, 1550~1594, 신천강씨(친정어머니) →
순천김씨(딸)>

　장 담을 일 소홀히 마라. 담을 때 수옥이 어미 데려다가 함
께 하여 담아라.

<순천김씨묘13, 1550~1594, 신천강씨(친정어머니) →
순천김씨(딸)>

　독이 있거든 담고 없으면 아무 데나 빌리거나, 수옥이의
집에 스무 말들이 독이나 있을 때 갔으니 그것을 얻어 달라
고 해서 담거나 바로 담아라.

<순천김씨묘113, 1550~1594, 신천강씨(친정어머니) →
순천김씨(딸)>

　친정어머니가 딸에게 보낸 편지다. 어머니는 정성을 다해
장을 담그라고 딸에게 재차 강조한다. 장맛은 그 집안 주부의
손맛이자 모든 음식의 기본이 된다. 장 담글 때 필요한 소금을
구하기 위해 딸에게 무명을 보내주는 친정어머니의 살뜰한 정
이 느껴진다. 보통 음력 정월 닭날[酉日]과 음력 정월 말일[午
日]에 장 담그는 풍속이 있다. 이때 장을 담그면 장맛이 달고
좋기 때문이다. 그래서 친정어머니는 행여 시집간 딸이 장 담

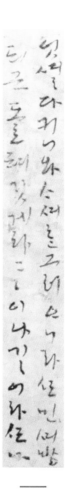

신천강씨 언간(출처: 『조선시대의 한글편지, 언간(諺簡)』, 황문환 지음, 도서출판 역락, 2015)

그기를 소홀히 할까 봐 편지를 보낸 것이다. 그래도 걱정된 어머니는 가까이 사는 순천김씨의 올케와 함께 장을 담그라고 당부한다. 세 번째 편지는 메주를 딸에게 보내주면서 장을 담글 때 다른데 담지 말고 장독에다 꼭 담그되 즉시 담아야 한다고 일러주는 대목이다. 당시 장 담그기와 마찬가지로 술빚기도 가정생활에서 중요하였다.

> 술을 산패(酸敗)하게 빚어서 쓰니
>
>> <순천김씨묘26, 1550~1594, 신천강씨(친정어머니) →
>>
>> 순천김씨(딸)>

> 이제는 술을 적잖이 자시어 앓기를 오래 하니
>
>> <순천김씨묘127, 1550~1594, 신천강씨(친정어머니) →
>>
>> 순천김씨(딸)>

위 편지는 술에서 맛과 색이 변하여 불쾌한 냄새가 나는 것을 쓰고 있다는 것과 남편이 술을 많이 먹어서 오랫동안 앓고 있다는 내용이다. 당시 여성들에게 술을 만드는 일은 중요한 가정생활의 일부였다. 특히 집에 손님이 오거나 친척이 왔을 때 손님 접대를 잘하는 것 역시 여성들의 중요한 일과였다.

> 술을 잘 먹는 어른 벗이 서울에서부터 함께 와서 내일 함께 집으로 데려갈 것이니, 좋은 술을 많이 마련해 두었다가

드시게 하소. 대청마루와 뜰과 방을 다 깨끗하게 쓸고 방에
불을 덥게 때고 자리를 곱게 갈아 두라 하소. 내일 갈 것이
라 잠깐 적네.

<현풍곽씨가62, 곽주(남편) → 진주하씨(아내)>

　　남편이 서울에서 내려온 벗을 데리고 내일 함께 집으로 갈
테니 손님 접대 준비를 미리 해 두라는 내용의 편지를 아내에
게 보냈다. 손님 접대에 필요한 좋은 술과 청소, 잠자리까지 세
심하게 부탁하는 모습은 당시 선조들이 접빈객을 중요한 것으
로 여기고 있다는 것을 확인할 수 있다.

　　아주버님이 오늘 가실 길에 우리 집에 다녀가고자 하시
네. 진지도 옳게 잘 차리려니와 다담상(손님 대접으로 차린 음
식상)을 가장 좋게 차리게 하소. 내가 다닐 때 가지고 다니는
발상에 놓아 잡수게 하소. 다담상에 절육, 세실과, 모과, 정
과, 홍시, 자잡채, 수정과에는 석류를 띄워 놓고, 곁상에는
율무죽과 녹두죽을 놓은 소반에 꿀을 종지에 놓아서 함께
놓게 하소. 안주로는 처음에는 꿩고기를 구워 드리고, 두 번
째는 대구를 구워 드리고, 세 번째는 청어를 구워 드리게 하
소. 아주버님이 자네를 보려고 가시는 것이니 머리를 꾸미
고 가리매를 쓰도록 하소.

<현풍곽씨가64, 곽주(남편) → 진주하씨(아내)>

현풍곽씨언간 편지(출처 : 『한글 편지로 본 조선 시대 선비의 삶』 백두현 지음, 도서출판 역락, 2011)

양반 사대부집에서 행한 접빈객 풍습의 일면을 볼 수 있는 편지다. 남편은 손님 접대에 따른 음식의 종류와 순서까지 꼼꼼하게 아내에게 알려주고 있다. 자신이 없는 날에 시댁 식구가 찾아오는 것은 시집온 지 얼마 안 된 아내로서는 어려운 법이다. 아내가 걱정되었던 남편은 손님상 차리는 법과 식사 순서 그리고 아내의 옷차림까지 조목조목 적어 보낸다. 이처럼 손님 접대는 남편과 아내 모두에게 중요하였고 매우 신경을 썼던 부분이다. 그러나 이를 준비하는 것은 오롯이 아내의 몫이었다.

2. 노여워도 참으시오

　　　조선시대 양반층 가장들이 가족을 부양하기 위해서
는 과거 급제하여 벼슬길에 나가 녹봉을 받거나 조상이 물려
준 토지로 지세를 받는 수밖에 없었다. 둘 다 해당하지 않을 때
는 집안 경제를 고스란히 아내가 책임졌다.

　　행장(行狀)은 사람이 죽은 뒤에 그 사람의 평생 행적을 기록
한 글을 말한다. 아내가 죽은 뒤 남편이 직접 지은 행장을 살
펴보면 아내가 가정 경제를 시종일관 도맡았고 집안이 유지될
수 있었던 것은 모두 아내가 고생한 덕분이라고 한결같이 적
고 있다.

　　양반사대부 가운데 벼슬길에 진출하여 평탄한 삶을 살았
던 사람은 극소수다. 벼슬을 하여도 대개는 극심한 가난을 겪
었고, 벼슬살이의 험난함에 몸과 마음이 고단했다. 그러니 남
편들이 아내의 행장을 마무리할 때는 대동소이하게 현재 이루
어진 모든 것을 아내의 공로로 돌렸다. 그리고 무능한 자신으
로 인해 아내가 고생만 하고 일찍 죽었다는 것을 한스럽다는
말로 끝맺는다.

　　조선시대 양반들이 중요하게 생각했던 삶의 목표는 과거
시험에 합격하여 정치적 야망과 포부를 펼치는 것이었다. 그

들은 대체로 경제활동에는 관심이 없었다. 그래서 자연히 여성들이 가족들의 생계를 책임져야 했고, 봉제사 접빈객 준비, 남편과 자식들의 과거에 대한 뒷바라지를 담당했다. 여성들도 남편 또는 자식들이 과거에 합격하여 집안을 일으키는 데서 행복을 찾고자 했다. 왜냐하면 여성들은 지아비의 지위에 따라 자신의 지위가 달라졌기 때문이다. 이처럼 과거는 남성에게도 중요했지만, 여성에게도 매우 중요했다. 따라서 여성은 남편과 자식들이 오로지 과거에만 전념할 수 있도록 조력자 역할을 담당하였다.

> 기운 좋지 않은데 마음을 편히 먹어 비록 노여운 일이 있어도 참으오. 어제 아침에도 당신이 나를 잘못 여긴 법 있거니와 이제 하나가 요동하면 하나가 견디지 못하여 요동할 것이니 그렇게 굴 때 가업(家業)이 언제 이루어지겠소.
>
> <순천김씨묘141, 1550~1594, 김훈(남편) → 신천강씨(아내)>

> 오늘 내일도 제 남편 있을 때 각별히 대접하소. 나도 어제 막금이에게 충분히 훈계하였으니 내 이토록 하는데 내 말을 무심하게 들으면 내가 얼마나 서럽겠는가? 우리 살며 못 사는 것이 이제 있으니 하나만 나간 후면 물감 풀어지듯 할 것이네. 내가 다 살펴 있으니 막금이 나간 것은 오래되지 않았으니 안타깝네. 모름지기, 모름지기 나를 불쌍히 여겨 내 말 들으오.
>
> <순천김씨묘140, 1550~1594, 김훈(남편) → 신천강씨(아내)>

    남편은 아내에게 자신을 잘못 대하거나 자신의 말을 무심하게 들으니 서럽다는 내용의 편지를 보낸다. 그러면서 자신이 살아있을 때 잘 섬기라며 아내에게 부탁한다. 반면 이들 부부와는 달리 강정일당과 윤광연은 상반된 모습을 보여준다. 남편 윤광연은 자신의 잘못된 언행이나 부족함에 대해 아내가 간언하는 것에 대하여 진심으로 수용하고 고맙게 생각한다는 내용을 종종 편지로 적어 보냈다. 이는 남편이 기본적으로 '비판적 조언과 수용'을 받아들일 수 있기에 가능하다. 이런 모습 자체가 유교적 부부상의 이상적 전형이다. 그러나 신천강씨의 경우는 남편의 첩 문제로 인해 갈등의 골이 깊었고, 날선 대화가 오갔다.

> 내 인생은 잘 있는 일이 귀하지 않아 어서 죽고자 하되 목숨이 긴지 지금까지 살아 있으니 올해를 견디어 너희나 가보고자 바라니 그뿐이로구나. 자식들의 입을 것은 늦게 되니 종도 이기어 부리지 못하여 면화 얻은 것 하고 팔월 스무날 후부터 말미 달라고 하시니 지금까지 일 받은 것 잡아보지 않으며 작년에 짠 것 봄에 세 필 남아서 그것마저 다 써버리고 옷들도 낡으니 다 없이 하고 새것들 아직 뜯을 것 없고 하니, 나도 할 것이 없었음에 정신이 어디로 간지 알 수 없이 앉아서 아무 일도 겨우 차리고 있으니, 눈 밖의 일이야 생각도 못 한다.

<순천김씨묘12, 1550~1594, 신천강씨(친정어머니) →
순천김씨(딸)>

신천강씨 언간(출처: 『조선시대의 한글편지, 언간(諺簡)』, 황문환 지음, 도서출판 역락, 2015)

민서방 집의 베를 감이 하도 궂어 열흘 남짓 매어 짜기 스
무날이로되 다 짜지 못하였으니 남이나 시키고자 하니, 면
화 흔한데 누가 남의 일을 하겠는가 하고, 얻다가 못하고,
날도 내 이제 심열이 있어 송송한 일이면 돌아도 못 보고,
종 할 것 없고 먹이지도 못하니, 너는 한다고 하고 나는 형
편없으니 거기서 남이나 시키게 베 짠 수공조차 보내자 하
니 누가 가져가겠느냐?

<순천김씨묘37, 1550~1594, 신천강씨(친정어머니) →
순천김씨(딸)>

노년의 어머니는 가난한 집이라 자식들에게 옷을 해 주지
못하는 안타까움에 마음 아파하고 늙고 정신이 없어서 종을
부리는 것조차 힘들어하였다. 죽고자 하여도 목숨이 길어 지
금까지 살아있으니 올해를 견디어 자식들을 보고자 하는 것이
유일한 바람이다. 스무날 동안 베 짜기를 했지만 다 짜지 못하
고, 남에게 시키고 싶지만 하려고 하는 사람도 없다. 어머니는
딸에게라도 푸념을 털어놓아야 살 것 같았다.

양반이라고 해서 모두 노비가 많았던 것도 아니었다. 노비
의 수가 적기도 하고 아예 없는 때도 있었다. 노비가 있더라도
주인의 말을 잘 듣는 것도 아니었다. 어쨌든 집안의 형편에 따
라 양반집 여성들도 직접 노동에 참여할 수밖에 없었다. 집안
의 경제를 책임질 안주인으로서 여성의 가정 경제 운영은 그
만큼 중요할 수밖에 없다. 그들은 누에치기, 길쌈, 절약을 통하

여 가정 경제를 운용하였다. 무명은 경제적 가치 이외에 의생활에서도 매우 중요했다. 당시 옷감과 염료를 구하기 어려운데다 흉년이 드는 해는 비싼 무명값과 바느질삯의 부담이 컸다. 주부들은 식구들의 의복을 직접 마련해야 했기 때문에 그만큼 여성들의 노동력이 더욱 중시되었다.

편지에 나타나는 아내들은 순종과 헌신적 인고로 가정을 꾸려나가는 데 긍지와 보람을 느낀다. 하지만 남편이 첩을 두는 일에 있어서는 질투와 슬픔을 과감히 드러내기도 한다. 특히 가부장제의 전형적 부부상으로 인식되고 있는, 남편이 과거를 패한 채 방황하고 경제력도 없으면서 가족을 괴롭히는 경우가 있다. 반면에 성실하고 책임감이 있는 남편은 아내를 격려하며 살지만 때로는 아내가 불성실하고 행실이 나쁜 예도 있다. 또 남편이 아내를 구박하고 아내 또한 행실이 좋지 않아 부부 둘 다 불성실한 경우 또한 있다. 하지만 남편이 아내의 조언을 기꺼이 수용하는 때도 있다. 그러나 거기에는 아내의 순종이 밑바탕에 깔려 있어야만 한다.

시대의 변화에 따라 바람직한 부부상 역시 변한다. 조선시대에 적합한 부부상일지라도 지금 현실에서 맞지 않는 경우가 많다. 그러나 현재에도 부부상의 기본 구도는 여전히 가부장제의 잔재가 남아 있는 듯하다.

3. 남녀상열지사

    사대부들은 남성 우위의 가부장적 사회를 만들고자 여성의 성욕을 억압하였다. 공식적으로 일부일처제였지만 실상은 남성은 일부다처제, 여성은 일부일처제가 적용되었다. 아내는 평생 남편과 살아야 하는 일부종사를 강요받았다. 그러나 남편은 본처 외에 첩을 둘 수 있다. 합법적으로 축첩제도가 인정되었기 때문에 남성들은 여러 명의 첩을 거느릴 수 있었다.

    여성의 성은 오로지 부부 사이에만 해당된다. 그 외는 부도덕한 것으로 인식하였다. 반면 남성들은 첩을 들이거나 기생을 통해 성욕을 충족하였고 정당화하였다. 조선시대의 성은 남성의 행위이며, 여성을 성적 도구로 생각하는 가부장적 성의식으로 고착화되었다.

    문안드린 지 며칠 사이에 사람이 오면서 주신 서찰을 받고 자세하게 살피니 나리 기체 일양 만안하시고 영감님 기체후 안녕하신 줄 든든하고 기쁩니다. 선이는 병든 어머니 모시고 슬프고 서러운 가운데 아직 아무 일 없으나 서럽고 무정하신 말씀이 네가 나를 따라와서 무엇을 하겠는가 하시니 과연 섭섭하고 야속합니다. 어이 그렇게 무정하십니까? 세상에 어려운 일 많지만, 생이별같이 어렵고 못 할 일 없을 듯합니다. 세월이 흘러가니 잊어 가면 견디기 나을까 여겨도 점점 오래될수록 가슴에 박힌 마음 어느 세월 좋은 바람 불어 첩첩한 회한을 풀고 다시 대하면 세상일 같지 아니한가 생각됩니다. 서로 못 본 지 석 달 만에 이렇게 못 견디게 될 줄 나도 오히려 생각하지 못하였습니다. 부디 생각하시고 반가운 기별을 내려주실까 바라고 또 바랍니다. 내 이제라도 걸어서라도 가고 싶은 마음 하루에도 몇 번씩이나 들지만, 나리도 많은 공무 중 걱정으로 지내시고 나도 역시 걱정 중이라 가지 못하오니 더욱 간장이 녹겠습니다. 부디 데려가십시오. 나으리 부디 과히 걱정 마십시오. 거기서 주선만 잘하십시오. 본관 나으리 하시는 말씀이 "구관님 일은 내 일과 다를 것이 없다" 하신다니 본관의 원임이신 나리는 염려를 하지 마십시오. 또한 저번 영천의 관노가 단성에 있을 때, 병든 놈 편에도 편지하고 돈 세 냥을 주었더니 두 냥만 받았다고 하시니 남은 돈 한 냥 받아 보냅니다. (…) 일본 부채 한 자루, 초 스무 자루 받았습니다. 또 스무 자루는 가는 곳의 길을 몰라 전하지 못하고 집에 두었습니다. 버선은 오라버니 가는 편에 보냅니다. 할 말씀 많지만, 인편이 달라(고 해서) 모두 적지 못합니다. - 갑인년(1914) 3월 7일 그리워하고 있는 선이가 올립니다.

<안동진성이씨가4, 1914, 선이(애첩) → 진성이씨(정부)>

편지 속의 기녀는 관청 소속으로 관원들의 수청을 들었다.

고향과 처를 떠나 객지에서 벼슬살이하는 남성들을 위해 합법적으로 관기(官妓)가 허용되었다. 진성이씨가 단성에 지방관으로 내려갔는데, 그곳에서 기생 선이라는 여자를 만났다. 정이 들었던 둘은 다시 진성이씨가 다른 지방으로 자리를 옮기자 헤어지게 되었다.

관기 선이는 지방관아 소속이므로 원칙적으로 관내를 벗어날 수 없었다. 때문에 선이는 자신을 데려가라고 진성이씨에게 부탁했다. 당시 부부윤리가 강조되었던 시대로 기녀 또는 첩을 사랑하여 본처를 홀대해서는 안 되었다. 따라서 기녀와 사랑에 빠져 본처를 버리거나 본인의 임무를 망각해서는 안 된다. 기녀의 수청이 허락되었지만 마음대로 강간해서는 안 되었으며, 이를 어길 시 파면당할 수 있었다. 원칙적으로 이들 관계는 관료가 다른 지방으로 발령받아 떠나면 만날 수 없는 사이였다.

바빠서 대강 적는다.

유례없는 더위에 네 어미 모시고 탈 없이 잘 먹고 지내며 서방님 생각 조금 나느냐? 나는 이제야 처음으로 이곳에 와서 돌아서려니 그저 단성쪽으로만 가고 싶으니 너 하나를 어찌하여 잊겠는가. 그저 겨우 보다가 세월 다 보내겠다. 마침 네 원님께 기별할 일이 있어 사람 떠날 때, 몰래 보내니 다른 말은 못 한다. 섭섭하게 여기지 말아라. 하석이 잘 있느냐? 안부 적지 못하여 섭섭하다. 부디 빨리 오라고 하여

라. 네 오기는 팔월 보름께쯤 오게 하여라. 다시 설마 인편
이 있을 것이니 기별하여라. 관가에 가는 편지를 하석이 주
어 비밀히 전하고 답장받아 보내면서 영천 사람에게는 아
주 기미도 없이 하여라. 내 편지 서운하다 하지 말고 너나
부디 자세하게 하여라. 이렇지만 편지 어찌 아녀자의 편지
같이 정이 있게 하기 쉽겠느냐. 네가 지금 진정으로 그렇게
있느냐? 정말이면 내 아무리 무정하여도 어찌 잊겠는가?
마음이 섭섭하여 백통 담뱃대 한 거리를 보내니 내 생각나
거든 피워라. 갑인년 7월 24일 이 서방

<안동진성이씨가5, 1914, 진성이씨(정부) → 선이(애첩)>

　　선이의 편지를 받고 진성이씨가 답장을 보낸다. 내용을 살
펴보면 선이의 물음에 진성이씨는 명확하게 답변하지 않았다.
간혹 관료 중에 지방관으로 간 곳에서 기녀를 만나 사랑에 빠
져 후에 첩으로 삼는 경우가 더러 있었다. 하지만 그는 선이를
첩으로 들일 수도 없었고 그렇다고 이별을 택할 수는 없는 어
정쩡한 모습을 보인다. 그는 선이에게 8월 보름쯤에 자신이 고
을살이 하는 곳으로 은밀히 오라고 한다. 그러면서도 발신자
의 고향인 영천에 이 사실이 알려지면 안 된다고 강조하는 등
둘의 만남을 다른 사람이 아는 것을 극도로 꺼리고 있다. 편지
로 서로의 마음을 주고받으며 몰래 만나기로 약속한 이들은
그 후 어떻게 되었을까. 더 이상의 기록을 찾을 수 없는 것으로
보아 함께 하지는 못한 것으로 짐작된다.

반면 외지로 발령받아 나가는 경우 그곳에 있는 관기의 수
청을 받을 수 있었지만, 첩을 데리고 가는 일도 있었다.

마침내 죽어 나리를 알뜰히 힘들게 하는 일 애처롭습니
다. 어떻게 명복을 빌어 떠나보시며, 못 당할 경계를 당하여
뒤로 한데 모아 훌쩍 쓸어 보내시고 어찌 견딜 실지? 제가
십 년이 넘도록 편하도록 받들다가 천 리 객지에 가서 그다
지 욕을 보는지요. 아무쪼록 집에 돌아와 죽었으면 이다지
애처롭고 답답하지 않겠습니다. 제 신세인들 남의 자식을
얻어 가지고, 며느리는 보지 못하고, 아들은 예닐곱 달을 그
리다가 마침내 만나지도 못하고 죽은 일이 불쌍하기만 합
니다. 봉준이의 허비는 모양이 불쌍하지만 죽는 것이 참혹
하고 원통합니다. 가장 아쉽기는 훌쩍 쓸어 보내고 어찌 견
디시며 이제는 기댈 곳이 없는 듯합니다. 병도 악착스럽기
가 어쩌면 그다지도 갑작스러운지요? 답답하여 심신이 헤
아림도 없으나 한 달 남짓한 동안 그 애를 녹이시다가 병환
이 나실 것이니 곁에 아무도 있는 이가 없으니 어찌합니까?
길이나 조금 가까우면 오히려 나을 듯하지만 그렇지 못하
니 어찌하며 의복은 누가 알고 챙길지? 일마다 아득합니다.
(…) 좋게 가서 좋게 못 오고 그 모양으로 올 줄 어찌 알았겠
습니까? 불쌍하고 원통합니다. 의복은 아직 입을 것이 있습
니까? 꿰맬 것을 다 보내면 꿰매서 보내드리겠습니다. (…)
아무쪼록 병환이나 더 나빠지지 마시기를 빕니다.

<의성김씨가23, 1847, 여강이씨(아내) → 김진화(남편)>

아내가 전라도 무장현에 현감으로 가 있는 남편에게 보낸 편지이다. 이때 남편의 첩인 봉준이 어머니가 함께 내려가 있었다. 무장으로 내려간 첩은 남편의 뒷바라지를 하다가 그만 병에 걸렸다. 부인은 첩의 병이 위중하자 첩의 아들인 봉준이를 무장으로 내려보낸다. 부인은 첩을 업신여기거나 질투하지 않았다. 오히려 아픈 첩의 건강을 걱정하였고, 첩의 자식까지 아픈 어미에게 보낼 정도다. "네 어미의 병은 아직도 몸을 움직이지 못한다고 하니 답답하겠구나. 네가 가서 어미를 보고 오죽이나 놀라겠느냐. 급급하고 절박하다. 너도 그렇게 급히 쫓아가서 노독이나 없는지 못 잊힌다"라며 첩의 자식을 걱정했다.

외지로 벼슬살이를 떠난 남편을 옆에서 보필했던 첩과 첩의 자식을 본처는 업신여기거나 질투하기보다는 이들을 아끼는 마음이 다른 편지에도 확인된다. 더구나 본처의 자식들도 "어느 사이에 깊이깊이 묻는다 하오니 원통"하다며 첩의 죽음을 슬퍼할 정도로 관계가 돈독했다.

처첩 간의 갈등이 없었던 이들의 모습 역시 조선시대 생활의 한 부분임은 틀림없다. 남녀 간의 사랑이 어느 한쪽에만 허락될 수 없다. 사랑은 상대방을 배려하고 먼저 생각하며 소중히 여기는 마음이어야 한다. 책임과 의무일 수도 있는 사랑 역시 존재하지만 그렇다고 해서 그들에게 작은 사랑의 불씨가 없다고는 할 수 없다.

4. 삶의 회한(悔恨)

조선시대 가부장제 사회에서 여성은 사회활동이 제한되었고 법률행위는 남편이나 가장의 허락이 있어야만 했다. 여성은 혼인하여도 남편 쪽의 족보에 본인의 성만이 기재될 뿐 본인의 이름이 없었다. 게다가 친정의 족보에도 여성의 이름은 올리지 않고 혼인한 여성의 남편, 즉 사위의 성명을 기재하였다. 여성에게 성은 있되 이름이 없었던 것은 여성이 사회적 활동 및 법률적 행위를 단독으로 행할 수 없도록 규제한 시대적 조건의 결과였다. 전해져 오는 당시 한글편지에도 시집간 딸의 집으로 편지를 보낼 때 사위의 성을 기재하거나 딸의 소생인 아이들의 이름을 붙여 '○○어미에게'라고 기재하였다. 이처럼 시집간 여성은 '아무개(사위의 성)댁'과 자식의 이름을 따서 '아무개의 어머니' 등으로 불리었다.

조선시대 양반가의 남녀는 혼인 전에는 남녀칠세부동석의 구별이 있었고, 결혼하여 부부가 되어서도 한 지붕 아래 각방을 사용하였다. 부인은 안방에서, 남편은 사랑방에서 각자의 공간에서 살았다.

무명 직령 조금 내어 두었다가 보내소. 들어갈 때 입게. 귀손이의 어미는 또 가서 부르려고 하네. 속옷 벗은 것 가네. 갓 보낼 때 내 영자와 함께 보내소 / 나는 다녀올 곳 있으니 모시 직령과 철릭을 보내소 / 밥을 여기서 지으려 하니 양식과 자반이나 보내소 / 막글이로 하여금 내가 쓰던 책 거기 있는 것 보내소 / 바람 쏘이니 감투 보내소 / 베옷 빨지 못하였는가? 무명옷이 심하게 부딪치니 민망하여 하네. 빤 것 있으면 보내고 안 빨았거든 어떻게든지 빨아 내일이나 입고자 하네.

<순천김씨묘, 1550~1594, 김훈(남편) → · 신천강씨(아내)>

남편이 아내에게 보낸 편지들이다. 빨랫감을 보낼 테니 빨아서 보내달라는 것과 다녀올 때가 있으니 직령(直領, 무관 웃옷으로 깃이 곧은 것이 특징)과 철릭(綴翼, 무관이 입던 정복)을 보내 달라는 내용 등이다. 남편이 거처하는 곳과 아내가 생활하는 곳이 달랐기 때문에 남편이 아내에게 양식과 반찬, 외출 시 필요한 감투, 빨래한 옷을 보내달라고 하는 등의 편지 내용이 많다.

조선시대의 남성들은 가문을 일으키기 위해 과거에 매달렸고 첩을 통해 내면의 사랑과 욕구를 채웠다. 반면 여성들은 부녀자의 도를 지켜야 했으며 첩에 대한 질투는 칠거지악에 속하여 그저 참고 살면서도 가정의 경제적 책임을 져야만 했다. 아내의 뒷바라지로 남편이 벼슬을 하게 되었어도 사람이, 사랑이 변하듯 세월도 어제오늘이 아니었다. 일부 남편들은

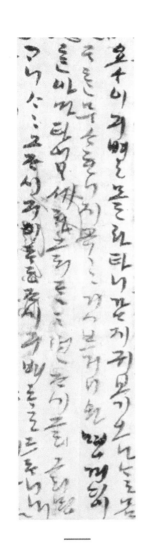

신천강씨 언간(출처: 『조선시대의 한글편지, 언간(諺簡)』, 황문환 지음, 도서출판 역락, 2015)

아내의 고생을 무시한 채 첩을 얻어 자신의 욕망을 충족했다.
어느새 그들에게도 황혼이 찾아왔다. 노부부의 삶은 또 어
떻게 변했을까?

술을 많이 먹고 밥 본디 먹지 않고 함부로 계집질이니 이
번 명석이 갈 때도 인동에 사는 수겁이 보고 와서 죽었다가
살아났다. 하도 색탐(色貪)하고 술 먹고 하니 당신도 늙으니
"옳지 않고 그렇더구나" 한다. 나 죽게 되니 벼슬이 귀하지
않은 것이로다. 보고 찢어 버려라. 아들들이 다 생각하여 말
하고 우습게 하니 네 오라비에게도 이르지 마라. 보지 못해
도 사연이나 알아라.

<순천김씨묘114, 1550~1594, 신천강씨(친정어머니) →
순천김씨(딸)>

목을 들고 앉아서 옷가슴이 젖게 우는 모양을 겨우 알아
보고 눈물을 흘리면서 도로 인사(人事)를 모를 것이더라. 네
아버님이 흔들어 깨우며 생원이 보고자 하면 데려오자 하
거늘 고개를 조아리거늘 데리러 희경이를 보내더구나. (⋯)
네 아버님에게서 당신이 나를 살려내고 싶다고 하거늘 그
년을 내어 보내더구나.

<순천김씨묘115, 1550~1594, 신천강씨(친정어머니) →
순천김씨(딸)>

친정어머니가 시집간 딸에게 보낸 편지이다. 마침내 남편

신천강씨 언간(출처: 『조선시대의 한글편지, 언간(諺簡)』 황문환 지음, 도서출판 역락, 2015)

이 지난날 술을 먹고 첩을 가졌던 일에 대해 옳지 않았다며 후회하면서 아픈 자신을 위해 기꺼이 첩을 내보냈다는 내용을 담고 있다. 건강이 극도로 악화한 아내를 염려하여 첩을 내보냄으로써 때늦은 감이 있지만, 남편이 아내를 배려하는 마음을 엿볼 수 있다.

그들의 편지는 부부가 무엇으로 살아가고 있는지, 왜 살아야 하며, 어떤 의미인가에 대한 본질적인 의문을 던져주고 있다. 오로지 순종과 복종만을 강요당하고, 첩을 가진 남편에 대해 시샘도 하지 못하도록 억압한 사회에서 살아가야만 했던 여성들, 그들이 그나마 유일하게 숨 쉴 수 있도록 해준 것이 바로 편지였다. 온갖 감정이 내면에 존재함에도 나이와 체면이라는 허위의식에 감추고 살아야만 했던 여성들에게 편지는 삶에 대한 진솔한 토로이자 인생에 대한 재발견의 장이 되어주었다.

2부

편지 속
왕실 이야기

1장
궁궐 뜰에 햇살이 내려앉고

궁궐은 왕, 대비, 왕비, 세자, 세자빈, 공주, 후궁, 궁녀 등 많은 사람이 사는 곳이다. 뼛속까지 왕실가의 사람이 있는가 하면 간택을 통하여 궁궐에 입성하면서 왕실의 구성원이 되는 사람도 있다. 특히 사대부 집안의 여성이 왕비 또는 세자빈으로 간택되어 궁궐에 들어오면서 왕실의 구성원이 되기도 한다.

궁궐은 웅장함과 화려함 뒤에 권력이 오가는 곳이다. 궁궐 여성들 간의 보이지 않는 암투가 공공연하게 일어나고 있는 곳이 바로 궁궐이라는 공간이다. 왕실 구성원이 된 여성들은 궁궐에서 살아남기 위해서 자신을 지지해줄 누군가가 필요했다. 궁궐 밖으로 나갈 수 없었던 그들은 외부와 연결하고 소통할 수 있는 매개체가 필요했는데 그 매개체가 주로 한글편지다.

오늘날 왕실 한글편지는 왕, 왕비, 대비, 세자, 공주 등이 쓴 편지 외에도 궁녀가 쓴 편지도 전해져 온다. 주로 왕과 왕비 등이 시집간 공주들에게 보낸 것과 왕실 친·외척에게 보낸 것이 많다. 왕실 한글편지의 발신자나 수신자 중 어느 한쪽은 왕비, 공주, 궁녀 등 왕실의 여성이 포함되어 있다.

1. 왕실 혼례의 빛과 그림자

왕실의 혼인은 정치적 목적에 의해 결정되는 경우가 대부분이다. 왕은 자신을 지지해 줄 세력을 형성하기 위해 그에 걸맞은 가문과 혼례를 추진하였다. 왕비의 가문 역시 외척으로서 정계에 진출할 수 있었고, 자신의 딸이 원자를 출산하게 되면 차기 왕의 외가로서 정치적 입지가 확고해질 수 있었다. 하지만 왕비가 된 딸로 인해 세도를 누리기도 하지만 멸문지화를 당하는 경우도 발생하였다.

일례로 인목왕후(1584~1632)는 한 나라의 국모가 되어 가장 중요한 임무인 왕자를 생산하였지만, 오히려 화근이 되어 아버지와 아들까지 잃은 참혹한 왕비로 역사에 남았다. 선조는 첫 번째 부인 의인왕후가 1600년 6월에 세상을 떠나자 1602년, 영돈녕부사 김제남의 딸을 두 번째 부인으로 맞아들였다. 당시 선조의 나이는 51세였고 인목왕후는 19세였다. 세자 광해군과 인목왕후의 나이 차가 불과 9살밖에 나지 않았다. 인목왕후는 1606년 선조가 그토록 바라던 적장자 영창대군을 낳았지만 1608년 2월 1일, 선조가 갑작스럽게 승하하였다.

당시 죽음을 예감한 선조는 광해군에게 왕위를 물려주겠

다는 비망기를 내렸다. 비록 적장자가 있더라도 고작 두 살밖에 안 된 영창대군에게 나라의 존망을 맡길 수 없었다. 그러나 광해군의 반대 세력이었던 영의정 유영경과 소북 대신들은 그 내용을 비밀에 부쳤다. 병석에 누워있던 선조는 안심이 안 되었던지 중신들을 불러놓고 광해군에게 선위 교서를 내렸다. 이때도 이 같은 내용을 유영경이 감추었다가 대북파의 영수 정인홍에게 발각되었다. 그러나 유영경은 자신의 잘못을 구하지 않고 오히려 영창대군을 왕위에 오르게 하고자 일을 꾸몄다. 인목왕후 역시 이 같은 사실을 모두 알고 있었다. 하지만 어린 영창대군을 옹립할 힘이 없다는 것을 자각했다. 그러나 이미 그녀의 정치적 야심을 파악해버린 광해군은 인목왕후의 친정 집안을 몰살해버리고 이복동생 영창대군까지 죽였다.

기운이나 편안하십니까? 미망인은 궁전에 극심한 고통의 변란을 소장(所長)에서 큰 화를 만나 육친에게 믿고 윤기도 상하니 윗전 종사에게 득죄하고 아래로 백성들이 도탄함이 다 원부의 허물이니, 천하(泉下, 저승)에 가도 뵙기가 민망하여 어찌 용납할 수 있겠습니까? 국모로서 부끄럽습니다. 역괴의 죄악이 참혹한 세상에 나의 자식이 나왔으니 비록 내가 박대당하는 것은 괜찮지만 어찌 아버지와 형제들에게 그런 망극한 화를 미쳤습니까? 이 한이 뼈에 박혔으니 육골이 녹습니다. 한이야 잊을 수 있겠습니까? (…) 황천이 유안하시어 원부의 죄가 없음을 아시니 오늘날 (인조반정) 보게 되었습니다. (…) 오늘날을 만나 불공대천지원수를 잠깐

갚기는 했지만, 다시 살아남지 못하니 요사이는 더욱 마음
이 상합니다. (…)

<1623~1632, 인목왕후 → 정빈(선조의 후궁)>

인목왕후는 1617년부터 서궁에 유폐되었다가 1623년 인조
반정을 계기로 자신의 자리를 되찾았다. 피눈물을 흘리며 보
내야만 했던 그녀는 마침내 광해군을 궁궐 밖으로 몰아냈다.
그제야 그녀는 그동안 꾹꾹 눌려 두었던 자신의 복잡한 심경
을 누군가에게 털어놓고 싶었다. 그래야만 그동안 쌓여있던
마음의 덩어리들을 조금이나마 내려놓을 수 있었기 때문이다.
이야기를 들어줄 상대는 자신의 기구한 삶을 누구보다 잘 알
고 있는 선조의 후궁 정빈이었다. 그녀가 정빈에게 자신의 속
내를 털어놓을 수 있었던 것은 서로의 삶을 옆에서 지켜보았
고 같은 여성으로서 함께 공감할 수 있는 상대라고 생각했기
때문이다.

편지에 그간 서궁에 유폐된 세월 동안 원수를 갚기 위해 견
뎌낸 이야기와 반정을 만나 원수를 갚게 된 심정이 담담하게
적어져 있다. 그러나 편지를 쓰는 동안 원수를 갚았지만 죽은
아들과 아버지 그리고 형제들이 돌아오지 못한다는 사실에 또
다시 마음이 아프고 서럽기만 하다. 그랬다. 그녀는 그동안 말
하고 싶어도 말하지 못했던 자신의 내면을 반정 후 표현하고
자 하는 욕구가 강해지면서 정빈에게 자신의 심정을 솔직하게

드러낼 수 있었다.

이후 그녀의 삶은 어땠을까. 비록 원수를 갚았지만 아무도 없는 궁궐에서 그녀의 인생은 쓸쓸하기만 했다. 인조반정은 그녀를 위해서가 아니라 서인 세력들이 권력을 차지하기 위한 것이었다.

왕비가 왕실의 최고 연장자로서 대비가 되면 왕통의 후계자를 임명할 수 있었고, 수렴청정하면 정치에 직접 관여할 수 있었다. 당시 서인 세력이 광해군을 몰아내고 능양군(선조의 손자)을 왕으로 옹립하고자 했는데, 이때 왕실의 최고 연장자인 인목대비의 '왕으로 임명한다.'라는 교지를 받아야만 했다. 경운궁으로 반정의 무리와 능양군이 인목대비를 찾아와 책명을 내려달라고 청했다. 대비가 광해군과 그 무리를 직접 국문한 뒤에 책명을 내리겠다는 뜻을 밝혔지만 관철되지 않았다. 한참을 생각하던 대비는 마침내 어보를 능양군에게 도로 내려주었다. 인목대비는 왕을 폐하여 광해군으로 삼고 금상(今上)을 책명(策命)하여 왕위를 계승하게 하고 부인 한씨를 책봉하여 왕비로 삼는다는 교지를 내렸다. 이때 인목대비는 대비의 권한을 자신의 의사를 관철하기 위해 사용할 수가 없었다. 인목대비에게는 그녀를 지켜줄 친정 세력도 아들도 없었기에 이후의 삶 역시 외롭기만 했다. 원수를 갚겠다는 욕망 하나로 버틴 세월이 누구에게는 정치적 명분을 제공해 주는 계기가 됐을 뿐이었다.

어쨌든 조선시대 여성들은 자신의 의지와 관계없이 조정과 가문에서 결정된 남성과 결혼하여 평생을 살아가야만 했다. 특히 왕실의 혼례는 간택을 통하여 이루어지는데 총 3차에 걸쳐 최종적으로 결정된다. 간택의 목적은 전국의 후보자 중에서 최상의 배우자를 골라 왕실의 일원으로 받아들이는 것이다. 또한 간택에 들 수 있는 후보자는 명문 집안의 자식이거나 권세가의 자식들이다. 하지만 이것 또한 형식일 뿐 이미 왕실에서는 왕비나 세자빈 또는 부마가 미리 내정되어 있었다. 조선 역사상 두 번이나 수렴청정을 한 순원왕후가 쓴 편지를 보면 이런 부분을 쉽게 확인할 수 있다.

간택 단자가 이십여 장 들어왔는데, 제왕가의 배필이 응당 정한 사람이 있겠지만 지금부터 마음이 동동하기 이를 것 없는 것이 처자는 눈으로 보니 알겠지만 사돈 재목이 어려운 것이 문학이나 있고 심지나 중후하고 상감을 잘 도와드릴 재목이어야 할 텐데 아무래도 그 속을 알 길이 없으니 이 생각을 하면 속이 갑갑하네. 내 뜻이 우리 김씨와는 (혼례를) 아니 하고자 하는데 두 명의 왕후와 두 명의 부마가 분수에 과한 것이 두려워 싫은 일이로세. (…) 내 생각은 이번은 노론, 소론을 가리지 말고 (혼례를) 하고자 하니 (자네 생각은) 어떠한가?

<순원봉서33-1, 1850, 순원왕후 → 김흥근(재종동생)>

왕실의 혼인은 그 가문의 특정 인물이 당대 왕이나 왕실과 정치적 이해관계를 같이하는 것이 중요했다. 그러므로 왕실 혼례는 왕실 세력의 확충이라는 정치적 목적이 우선되었다.

순원왕후는 손자 헌종이 후사를 두지 못하고 1649년 6월 6일에 승하하자 강화에 살고 있던 이원범을 순조와 자기 아들로 삼아 왕위를 계승하도록 하였다. 순원왕후는 이미 안동김씨 가문에서 자신과 헌종의 비 효현왕후, 그리고 김현근과 김병주가 부마로 배출된 상태였다. 그런 이유로 또다시 안동김씨 가문에서 왕후가 나오는 것에 대해 세상의 이목이 두렵고 외척 세력이 점점 커지는 것이 싫다며 강경하게 김씨 가문과의 혼례를 거부하였다. 하지만 결국 안동김씨 가문에서 왕후가 배출되었다. 왜냐하면 순원왕후가 첫 번째 수렴청정을 거두었을 때, 손자 헌종과 헌종의 외척인 풍양조씨에 의해 재종동생 김흥근이 유배를 당하는 모습을 지켜보아야만 했기 때문이다.

정치의 주도권이 누구에게 있느냐에 따라 자신은 물론 친정 가문의 안위가 달라진다는 것을 순원왕후는 직접적으로 경험했다. 순원왕후는 자신뿐만 아니라 외척의 권력을 계속 유지하기 위해서는 자신의 가문에 대적할만한 세력이 없어야만 했다. 그래서 학문과 권력이 멀었던, 농사만 지으며 살아가던 이원범을 왕으로 세웠다.

수렴청정이란

조선은 유교를 정치 이념으로 삼았던 탓에 정치는 왕을 중심으로 남성 정치인들에 의해 주도되었다. 대비와 왕비의 정치 참여를 금기시하였기 때문에 어린 왕이 왕위에 오르면 종친이나 대신들이 왕을 보좌하는 것이 당연시되었다. 하지만 이는 종친과 대신들 사이에 피비린내 나는 권력 투쟁을 낳는 결과를 초래하였다. 이와 같은 위험을 피하고자 왕실의 최고 어른인 대비에게 어린 왕을 보호하고 도와주는 역할로 주어진 것이 바로 수렴청정이다. 대비는 왕의 어머니 또는 할머니로 혈연적인 정이 있고 오랜 궁궐 생활에서 체득한 정치 경험이 있으므로 가능할 수 있었다.

조선 역사상 섭정권을 직접 행사한 왕비는 정희왕후, 문정왕후, 인순왕후, 정순왕후, 순원왕후, 신정왕후로 총 6명이다. 수렴청정을 최초로 시행한 세조의 왕비인 정희왕후는 발을 설치하지 않고 왕과 함께 정사를 담당하기도 했다. 당시 수렴청정은 정치제도로서 마련되지 않은 정치 운영의 형태였다. 이후 문정왕후의 수렴청정 시 제도적으로 정비되었다.

수렴청정의 설치 장소는 편전(便殿)으로, 청대(請對)·상참(常參)·조계(朝啓) 등 정무를 논의하여 처리할 때 대비가 발 안쪽에서 남면(南面)하여 앉고, 왕은 발 밖에서 대비의 우측에 남면(南面)하여 앉는 것으로 결정되었다. 문정왕후는 경연에도 참석하였는데, 이때 대비와 왕 모두 발 안쪽에 앉았고, 대비는 서편에 앉아 동편을 향하고, 왕은 동편에 앉아 서편을 향하게 하여 서로 마주 보고 앉는 것으로 정하였다. 이는 이후 수렴청정을 시행하는 데 지침이 되었다.

조선 역사상 왕실 여성들의 정치 참여가 그 어느 때보다 가장 활발했던 시기는 19세기였다.

1800년 6월 정조가 승하하고 11세의 순조가 즉위하였다. 이때 왕실 최고의 어른이자 대왕대비인 정순왕후가 '수렴청정절목'을 제정하여 수렴청정했다. 1834년 순조가 승하하자 8세의 헌종이 즉위하였다. 이때 순원왕후가 수렴청정을 통하여 정치에 참여하게 된다. 그러나 헌종마저 헌종 15년(1849) 6월에 후사 없이 승하하자 순원왕후는 전계대원군의 아들 이원범을 순조와 순원왕후의 양자로 삼아 왕위를 계승하게 하고 다시 수렴청정하였다. 이후 철종 역시 후사를 두지 못하고 승하하자 신정왕후는 흥선대원군의 둘째 아들에게 왕위를 잇게 하고 직접 수렴청정을 시작하였다. 이로써 순조, 헌종, 철종, 고종 대에 대비가 연달아 수렴청정하게 되는 초유의 사태가 발생했다.

품격을 입다

품위와 권위를 갖추며 아름다움을 드러낼 수 있는 최고의 여성으로 왕비나 세자빈을 꼽을 수 있다. 이들이 궁궐로 들어오기까지 어떤 절차를 거쳤을까. 왕실에서 왕비나 세자빈을 뽑을 때 세 차례의 간택 절차를 거치게 되는데, 간택에 참여한 처녀들은 같은 조건에 후보를 고른다는 취지에서 모두 똑같은 옷을 입었다.

순조 19년(1819) 윤4월 3일, 효명세자의 국혼을 시행하였는데, 이때 간택에 참여하는 처녀의 의복을 명주와 모시에 한정하도록 하였다. 훗날 신정왕후(효명세자빈)가 대비로 있을 때 고종의 국혼을 진행하였다. 이때도 간택에 참여하는 처녀는 분만 바르고 연지를 찍지 말도록 하였다. 왕실에서 수수한 복장을 권한 것은 왕실 여성으로서 갖추어야 할 품격과 내면을 우선시했던 것으로 볼 수 있다.

초간택 때 복장은 노랑 저고리에 삼회장을 달고 다홍치마를 입었다. 재간택, 삼간택으로 올라갈수록 옷에 치장하는 장식품이 조금씩 늘어났다. 삼간택에서 최종적으로 결정된 처녀는 자기 집으로 돌아가지 않고 별궁으로 직행한다. 이때 복색은 재간택 시 입었던 연초록 당의가 대례복인 원삼으로 바뀐다. 삼간택에서 최종적으로 뽑힌 처녀는 비빈의 대례복을 갖추어 입었다.

왕실 여성으로 들어온 세자빈이 세월이 흘러 왕비가 되었다. 왕비의 평상시 복장은 어땠을까. 영국의 지리학자인 이사벨라 버드 비숍은 1895년에 명성황후의 초대를 받아 궁궐에 들어가게 되었다. 당시 비숍은 미국인 의료 선교사이자 왕비의 주치의면서 소중한 친구이기도 한 언더우드 여사와도 친분이 있었다.

비숍이 처음 명성황후를 만났을 때, 황후는 짙은 남빛의 능라(綾羅, 두꺼운 비단과 얇은 비단) 치마와 진홍과 푸른색을 조화시킨 저고리를 입고 있었다. 황후는 비단으로 만든 방한모를 쓰고 있었는데, 모자의 앞부분은 산호빛 장식술이 달려있고, 옆쪽에는 보석을 단 깃털 장식이 있는 방한모였다. 신발 역시 옷과 모자와 같이 비단으로 짜 만든 것이었다. 마지막으로 비숍이 명성황후를 만났을 때 황후는 호박자수를 놓은 비단 저고리에 감청색 비단 치마를 입고 있었다. 진주와 산호 장식이 들어간 비녀와 뒤꽂이로 머리를 장식하였고, 그 외 다른 장신구를 지니지 않았다고 비숍은 술회하였다. 이는 평상시 황후는 활동하기에 편한 옷을 입고 간소한 장신구만 착용했다는 것을 알 수 있다.

보통 비녀의 재료는 금·은·백동·진주·옥·비취·산호·나무·뼈·뿔 등이며, 비녀의 종류는 용잠·봉잠·매죽잠·가란잠·모란잠·국화잠·말뚝잠·버섯잠 등 많은 형태가 있다. 금, 은, 진주, 옥으로 만들어진 비녀는 상류계급에서나 사용되었고, 서민층 부녀들은 나무나 뿔, 뼈 등으로 만든 비녀를 사용하였다.

공주의 혼롓날이 하필 흉일이라니

왕실의 혼례에서 공주의 혼인 역시 주목할 만하다. 공주의 혼례도 당대 정치적 상황에 따라 부마의 간택 성향이 달랐다. 선조는 열 명의 딸을 당대 최고 사림 출신의 자제와 혼인시켰다. 효종도 서인 세력과 사돈 관계를 맺었는데 이 역시 왕의 친위세력을 확보하기 위함이었다. 순조의 딸들 역시 안동김씨 가문과 혼인을 맺었고, 막내딸 덕온공주도 안동김씨 가문과 혼맥이 닿은 윤의선과 혼인했다.

혼롓날은 신랑과 신부의 사주에 의거 명궁(命宮), 궁합 등을 점쳐 좋은 날을 잡는다. 혼인은 '인륜지대사'라고 하듯 일생에서 중요한 의례다. 그래서 예부터 혼인날을 잡을 때 흉일을 피하고 가장 복되고 화락한 날을 정하여 혼례식을 거행했다. 지금도 혼롓날은 일 년 중 최고로 좋은 날을 정하여 식을 올린다. 더구나 왕실이라면 더욱 왕실 혼례에 신경을 쓰는 게 당연지사다. 그러나 혼례 하기 좋은 날을 잡아도 뜻밖의 변수에 그만 혼롓날이 흉일이 될 수도 있었다.

효종과 인선왕후의 딸인 숙휘공주(淑徽公主, 1642~1696)는 우참찬 정유성(鄭維城)의 손자 정제현(鄭齊賢, 1642~1662)과 혼례를 올렸다. 숙휘공주는 다른 공주들에 비해 불행한 삶을 살았던 인물이다. 숙휘공주의 혼례에 대해『조선왕조실록』은 이렇게 기록하고 있다.

> 숙휘공주의 길례를 거행하였다. 이날은 인열왕후의 기신의 재계가 있는데, 예관이 흐릿하여 살피지 못하고 거행하기로 택일하여 성상이 추모하는 날에 이 혼인의 예를 거행하였으므로, 식자가 속으로 한탄하였다.
>
> <『조선왕조실록』, 효종 4년 계사(1653) 12월 8일>

뒤늦게 혼롓날이 인열왕후가 사망한 날임을 알았지만 그대로 혼례가 진행되면서 주변 사람들이 모두 한탄했다는 것이다.

마음이 짠하다. 사연도 보고 팔매질은 다른 흉한 일은 아니라 한다 하거니와 졸연히 그런 괴이한 일이 없다 하니 거기 잘 진정하고 있으면 관계하지 아니하니 염려하지 마라.

<숙휘신한첩18, 1653~1674, 인선왕후(어머니) →
숙휘공주(딸)>

그래서일까? 숙휘공주의 결혼생활은 순탄하지 않았다. 숙휘공주가 보내준 편지를 읽고 어머니 인선왕후는 가슴이 철렁 내려앉았다. 딸이 사람들에게 돌팔매질을 당했다는 내용이었다. 돌팔매질은 남을 공격하거나 비난할 때 주로 행해진다. 어머니는 놀란 가슴을 애써 누르고 우선 딸을 진정시켜야만 했다. 어머니는 팔매질은 흉한 일이 아니며 비록 괴이한 일이지만 잘 진정하고 있으면 자연히 사라질 것이니 걱정하지 말라며 딸을 안심시켰다. 숙휘공주가 팔매질을 당했다는 것은 사람들에게 원망과 비난을 받을만한 사건들이 있었다는 것이다.

숙휘공주가 결혼한 후 얼마 지나지 않아 시어머니가 죽고, 연이어 시아버지와 시삼촌도 죽었다. 게다가 시할아버지 정유성도 아들들의 죽음에 슬픔을 이기지 못하고 곧 세상을 떠나고 말았다. 당시 줄초상으로 인해 숙휘공주를 향한 주변인의 시선이 곱지 않았으리라는 것을 짐작하고도 남는다. 『조선왕조실록』에는 정제현의 종들이 공주를 저주하는 액을 했다며 할머니인 장렬대비가 종들을 잡아다 형벌을 가했던 일들이 소상하게 기록되어 있다. 숙휘공주를 위한다면서 위와 같은 사건을 만들었지만, 그 과정에 예금이라는 종이 고문으로 죽었다. 사람들은 죄 없는 여종들이 고문을 당했다고 생각했다. 더구나 유교 사상과 금기사항이 만연했던 시기인 만큼 이 사건 이후로 숙휘공주를 바라보는 백성들의 시선이 더욱 좋지 않았을 것이다.

장렬대비는 왜 옥사를 일으켰을까? 평소에 효종 가족과 친밀하게 지냈던 대비는 손녀들이 결혼하여 궁궐 밖으로 나가 살자 자주 공주들을 그리워했다.

편지 보고 밤사이 잘 있으니 기쁘며 날포 들어와 든든히 지내다가 훌훌 나가니 섭섭하기 뭐라 말할 수 없어 오던 때를 생각하니 더욱 섭섭하여 수라를 먹어도 맛이 없을까 일컫고 또 오래지 않아 볼 일만 기다리고 있네.

<숙휘신한첩12, 1653~1674, 장렬대비(할머니) →
숙휘공주(손녀)>

할머니는 궁궐에 들어 온 손녀와 함께 즐겁게 지냈지만, 하루 만에 사가(私家)로 돌아가 버리자 서운한 마음이 커 밥맛이 없다면서 다시 볼 날을 기다리겠다고 한다. 할머니는 시집간 손녀를 그리워하는 심정을 글자 속에 담아 보내야만 하루빨리 손녀를 볼 수 있으리라 생각했다. 왕실과 결혼한 공주들 간의 편지는 안부와 일상의 소식을 전하는데, 그 속에는 서로를 살뜰히 챙겨주고 생각해주는 등 친밀한 유대관계가 형성되어 있다. 왕실 가족은 공주들의 신변에 일어나는 일상사를 함께 공유하며 좋은 일은 같이 즐거워하고 슬픈 일은 함께 슬퍼해 주는 등 가족 간의 돈독한 정을 주고받았다.

> 오늘은 생각 밖에 연고로 차례도 못 지내니 가지가지 새로이 답답하기 끝이 없으니 마음을 생각하고 아침까지 모여 이르고 눈물 흘리고 있더니 사연을 보니 더욱 참혹하고 불쌍하니 무어라 할 말이 없다.
>
> <숙휘신한첩18, 1653~1674, 인선왕후(어머니) →
> 숙휘공주(딸)>

숙휘공주는 시댁 식구들의 연이은 죽음과 여종들이 고문 중에 죽어간 일들이 발생하면서 더욱 바깥출입을 금했다. 그런 딸의 모습을 보고 있는 어머니는 참혹하고 잔인하다며 흘러내리는 눈물을 주체할 수 없었다.

> 숙휘공주가 졸(卒)하였다. 공주는 효종 대왕의 셋째 딸인데, 인평위 정제현에게 하가(下嫁)하였다가 일찍 홀로 되고, 또 아들을 잃었으므로 슬픔이 병이 되어 졸하였다. 임금이 몹시 슬퍼하여 규례대로 예장(禮葬)하고, 각사의 관원이 친

히 상수(喪需)를 공납하고 3년 동안 녹(祿)을 주게 하고, 특별
히 승지를 보내어 조문하도록 명하였다. 임금과 왕세자가
거애(擧哀)하여야 하나, 임금이 바야흐로 편치 못하고 세자
가 어리므로 우선 멈추고, 다음 달 열흘날 이전에 날을 가려
친림할 것을 명하였다.

<『조선왕조실록』, 숙종 22년 병자(1696) 10월 27일>

숙휘공주는 1653년 12살의 나이에 혼인하여 2남 1녀를 두
었다. 하지만 장남과 딸은 일찍 죽고, 남편 정제현도 1662년에
죽었다. 그나마 차남 정태일(1661~1685)이 있어 견딜 수 있었는
데 그 아들마저 1685년에 잃었다. 이로 인해 공주는 마음의 병
을 얻었다. 그녀는 사람들의 따가운 시선에 극도로 외출을 자
제하며 고독과 눈물로 세월을 보냈다. 그녀는 숨을 거두기 전
까지 오랫동안 숙병에 시달리다가 1696년에 죽었다.

금지옥엽으로 자라 명문가로 시집간 공주는 화려한 집과
넉넉한 경제력으로 삶을 풍요롭게 지낼 수 있었다. 더구나 왕
의 딸이기에 시댁에서도 공주를 함부로 대하지 않았다. 그러
나 왕실에서 보호만 받았던 공주의 삶은 결혼 후 때로는 행복
할 수도 있었고, 상황에 따라 외롭고 쓸쓸하게 생을 마감한 예
도 있다.

그래도 다행인 것은 숙휘공주가 그나마 남은 생을 버틸
수 있었던 것은 왕실 가족들의 보살핌이 있었기 때문에 가능
했다. 숙휘공주가 남편을 잃게 되자 명성왕후(현종비)는 시누

이 숙휘공주에게 장문의 편지를 보냈다. 명성왕후(1642-1683)는 1651년에 세자빈으로 간택되어 궁으로 들어왔다. 당시 숙휘공주(1642-1696)가 결혼하기 전으로 궁궐에 살고 있을 때였고 명성왕후와 나이가 같았다.

명성왕후는 숙휘공주의 남편이 세상을 떠나게 되어 하늘이 원망스럽다면서 상사(喪事)에 필요한 것들을 살뜰하게 챙겨주었다. 그녀는 마음을 주고받는 친구이자 같은 여성으로서 슬픔과 아픔에 진정으로 공감하는 편지를 보내며 공주를 위로하였다. 게다가 명성왕후의 아들 숙종과 숙휘공주의 아들 정태일은 1661년 같은 해에 태어났다. 동갑이었던 이들은 어린 시절을 함께 놀았던 친한 친구 사이였다.

숙종은 정태일과 함께 놀던 시절을 떠올리며 더욱 참혹하고 애처로운 마음이 들었다. 젊은 나이에 청상과부가 되어 아들 정태일만 의지하며 살아가던 고모가 그 아들까지 잃었다. 고모의 건강이 걱정된 숙종은 조문에 앞서 편지를 먼저 보낸다. 이때 상사를 당한 이를 위로하고자 하는 마음이 우선이기 때문에 편지의 형식보다 내용에 치중하였다. 숙종이 숙휘공주에게 보낸 편지가 6건이 전해지는데, 대부분 고모의 병환을 걱정하거나 새해 문안 인사로 숙종이 고모를 각별하게 챙겼음을 알 수 있다.

숙종의 편지 중에 이런 대목이 있다. "부디 전에 적은 말씀 잊지 마시고 지극한 정을 너그럽게 생각하셔서 지나치게 슬퍼하거나 가슴 아파하지 마소서"라며 고모를 진심으로 걱정하는 조카의 마음에 숙휘공주는 조금이나마 위로가 되었을 것이다.

인현왕후(숙종비)도 남편처럼 시고모인 숙휘공주를 좋아했다. "저번에 들어오실까 하여 저는 기다려도 아니 오셨습니다. 밉다고 할수록 이렇게 사납게 굴 것이니 또 더 미움받을까 합니다. 근심스럽습니다"라고 말할 정도로 시고모와 가깝게 지냈다. "정서방은 초시를 했는가 싶으니 얼마나 기쁘시겠습니까? 기뻐하며 무어라 할 말이 없습니다"라며 시고모의 아들인 정태일의 초시 합격을 진심으로 축하해주는 편지를 보내기도 했다. 인현왕후에게는 여러 명의 시고모가 있었지만 숙휘공주에게 편지를 남긴 것은 둘의 관계가 돈독했다는 것을 짐작할 수 있다.

혼례 비용을 아끼지 마라

공주들은 결혼하면 궁궐 밖에서 살았다. 왕과 왕비는 궁궐 밖에서 생활할 딸을 위해 여느 부모처럼 딸의 혼수품을 챙겨주었다. 더구나 공주들은 혼례 후 시댁으로 들어가서 사는 것이 아니라 별도로 마련된 살림집에서 생활한다. 조선의 왕들은 결혼하는 공주들을 위해 집을 새로 지어주거나 별도의 살림집을 마련해주었다. 특히 부모가 왕과 왕비인 만큼 공주의 혼수품 규모가 상당했을 것으로 미루어 짐작된다. 실제로 왕실에서 공주가 결혼하면 화려하고 큰 신혼집을 비롯하여 토지와 노비, 물품 등을 하사하여 부유한 삶을 살도록 했다. 오죽했으면

공주의 혼례에 드는 비용에 대해 왕과 조정 신료 간의 논쟁이 있었다는 내용이 『조선왕조실록』에 자주 등장할 정도였다.

> 편지 보고 무사히 있으니 기뻐하며 보는 듯 든든 반기노라. 사연도 보고 웃으며 시모에게 저리 사랑을 바치는데 우리를 더욱 생각할까 싶으냐. 부마는 들어왔으니 든든하다.
>
> <숙휘신한첩14, 1653~1674, 인선왕후(어머니) →
> 숙휘공주(딸)>

인선왕후가 신혼생활을 보내고 있는 숙휘공주에게 보낸 편지이다. 인선왕후는 결혼해서 나간 딸이 시댁 어른에게 사랑받고 부부 사이도 좋은 것이 기쁘면서도 한편으로 서운한 생각이 들었다. 궁궐에 있을 때는 자신에게 재롱을 부리며 살가웠던 딸인데, 이제는 시댁 어른들과 사위에게 딸의 사랑이 옮겨가 버리는 것을 느끼자 못내 서운했다. 하지만 딸이 행복해하는 모습을 보는 것이 부모에게는 더없이 기쁨인지라, 서운한 마음을 편지에 적고 나니 괜스레 웃음이 나고 만다. 어머니는 딸이 결혼하여 새로운 가족 구성원이 된 시댁 어른과 남편에게 최선을 다하는 모습을 보면서 앞으로 걱정 없이 행복하게 잘 지내리라 생각했다.

한편 순원왕후는 주도적으로 덕온공주와 윤의선 가문과의 혼례를 추진했다. 순원왕후는 남편 순조와 아들 효명세자 그리고 명온·복온 공주를 저세상으로 보내고 난 뒤였다. 그녀에게 유일하게 남아 있던 막내딸 덕온공주의 혼례인 만큼 어머니는 각별한 정성과 사랑을 쏟았다.

덕온공주의 혼례를 살펴보면 순조가 1834년 세상을 떠나자 삼년상이 끝난 1837년 8월 13일에 생원 윤치승의 아들 윤의선과 혼례를 치렀다. 이때 역시 세 차례 간택 절차를 걸쳐 최종적으로 부마를 결정했다. 초간택은 1837년 5월 26일에 실시하였는데 12명의 후보자 중 5명을 선정하였다. 재간택은 1837년 6월 4일에 실시하여 3명을 삼간택의 후보로 정한 뒤 1837년 6월 25일 삼간택에서 최종적으로 생원 윤치승의 아들 윤의선이 부마로 정해졌다.

순원왕후는 삼간택을 마친 후 윤의선에게 '남녕위(南寧慰)'라는 작위를 내리고, 7월 20일 이후로 길례를 행할 날짜를 가려서 정하라고 예조에 전교를 내린다. 또한 당일에 바로 가례청을 설치하도록 하여 본격적으로 딸의 혼례를 준비하였다.

가례청은 혼례에 필요한 인력과 물건을 미리 준비하는 것이 주요 업무로 혼례에 관련된 다양한 의식을 차질 없이 진행될 수 있도록 설치한 기관이다. 『덕온공주가례등록』에는 각 의식에 필요한 예물, 의물, 기명, 그리고 공주와 부마, 집사자들의 의복까지 상세하게 기록되어 있다. 순원왕후가 덕온공주에게 보낸 혼수품 내용을 적은 혼수발기가 5m가 넘는다고 국립한글박물관에서 간행한 『1837년 가을 어느 혼례날 덕온공주 한글 자료』에서 살펴볼 수 있다. 그만큼 궁궐과 자신의 곁을 떠나 가정을 이루는 만큼 딸이 오랫동안 행복하게 살기를 바라는 어머니의 마음이 컸던 것이 아닐까.

그럼에도 불구하고 결혼한 공주들이 모두 행복하지 않았다. 개중에는 병으로 일찍 죽은 숙정공주, 숙경공주도 있었고 숙휘공주처럼 남편과 아들, 시댁 식구들의 죽음으로 긴 세월 동안 외롭게 살다간 공주도 있었다. 일반적으로 우리가 생각하는 공주라면 왕의 딸로 화려한 저택에서 살고 풍족한 경제력에 시댁에서도 사랑받으며 살아갈 것 같다. 그러나 실제 공주들의 삶은 행복한 면도 있었지만, 불행을 겪기도 하고 쓸쓸하게 생을 마감하는 경우도 종종 볼 수 있다.

❖ 더 알아보기

숙휘공주(淑徽公主)가 일찍이 수놓은 치마 한 벌을 해달라고 청하니, 임금이 이르기를, "내가 한 나라의 임금으로서 검소함을 솔선하고자 하는데, 어찌 너로 하여금 수놓은 치마를 입게 하겠느냐. 내가 죽은 후 너의 모친이 대비가 된 뒤에는 네가 그것을 입더라도 사람들이 심히 허물하지 않을 것이니, 참고 다른 때를 기다리는 것이 옳다"하고, 끝내 허락하지 않았다.

– 이긍익, 『연려실기술(燃藜室記述)』 권30, 「효종조고사본말(孝宗朝故事本末)」 –

공의 손자인 제현(齊賢)이 숙휘공주에게 장가들어 인평위(寅平尉)에 봉해지자 공은 더욱 두려워하고 삼갔으며, 일찍이 상에게 울면

서 청하기를,

"공주의 제택(第宅)은 스스로 정해진 제도가 있는 것입니다."

하였다. 제택이 이루어지자, 공은 근심하며 탄식하여 마지않았고 일찍이 공주에게 이르기를,

"공주는 내 손자 아이를 살리고 싶지 않습니까?"

하자, 공주가 대답하기를,

"무슨 말씀인지 모르겠습니다."

하므로, 공이 말하기를,

"복이 지나치면 재앙이 반드시 생기는 법입니다. 우리 집은 대대로 청빈(淸貧)하였는데, 지금 은사(恩賜)를 받은 것이 너무 지나치면 재앙이 반드시 이를 것이니, 바라건대 더 절약하시오."

하였는데, 뒤에 인평위가 죽게 되었으므로, 공이 가서 보고 이어 실내에 있는 임금이 하사한 복물(服物)을 보고는 나와서 탄식하기를,

"그 아이가 죽기에 마땅하다."

하였다.

- 송시열, 『송자대전(宋子大全)』 권158, 「신도비명(神道碑銘)」,

우의정(右議政) 정공(鄭公) 신도비명 -

2. 왕실의 양육 엿보기

왕실에서 태어난 아기를 누가 키웠을까?

왕비를 비롯하여 세자빈 그리고 후궁들이 사는 궁궐에서 아이들이 태어나고 자랐다. 특히 궁궐에서 원자가 태어나면 누가 키우고 교육했을까. 순조 9년(1809) 8월 11일 효명세자가 태어난 지 3일째 되는 날에 순조와 신하들이 주고받은 대화 내용 중의 한 구절을 살펴보면 아래와 같다.

옛말에도 이르기를 "유모(乳母)는 반드시 마음씨가 관유(寬柔)하고 자혜(慈惠)로우며 온양(溫良)하고 공경(恭敬)하며 행동을 삼가고 말이 적은 사람을 구하여 아들의 스승으로 삼는다"라고 했는데, 이는 덕(德)을 이룬 군자(君子)의 일로, 이와 같은 여자를 구하기는 쉽지 않습니다만, 그것은 일에 따라 올바르게 가르침에 있어 최선을 다해야 한다는 뜻임을 알 수 있습니다. 유온(乳媼)은 반드시 외모가 단정하고 품성과 행실이 양순(良順)한 사람으로 삼아야 합니다. 지금부터 시작하여 원자궁과 가까이 지내는 사람은 단정하고 양순한 사람을 신중히 가려 뽑아, 습관을 익혀서 점차 함양되게 하는 방도로 삼는 것이 신의 구구한 소망인 것입니다.

명성황후전에 있었던 궁녀가 쓴 편지

영부사 이시수가 원자의 유모를 가려 뽑을 것을 왕에게 주청하였다. 유모의 자질은 첫째 외모가 단정해야 하고 유순한 성품을 지닌 여자 중에서 선택해야 한다는 것이다.

유모 어서어서 들여보내시옵소서. 사람이 없사오니, 오늘 지금 들여보내 주옵소서

<궁녀23, 1886~1895, 궁녀→민영소>

명성황후전에 있는 궁녀가 명성황후의 조카 민영소에게 보낸 편지다. 궁녀는 궁궐에 신생아를 키워 줄 유모가 없으니 오늘 당장이라도 유모를 구해서 궁궐로 들여보내달라고 민영소에게 부탁하고 있다. 궁궐에는 왕비 외에도 많은 후궁이 있었고, 그 밑에 아이들이 태어나면 아이들을 양육할 유모가 필요했다. 특히 왕비가 아기를 출산한 이후에는 유모가 대신 젖을 먹이고 아기를 양육하였는데 그 내용을 아래에서 볼 수 있다.

젖은 어린아이의 생명줄입니다. 노인도 젖을 복용하여 수명을 연장하였으니, 한(漢)나라 때 장창(張蒼)의 일을 보면 알 수 있습니다. 어찌 5, 6세도 차지 않고 크고 작은 홍역을 치르지 않은 어린아이에게 지레 먼저 젖을 떼는 이치가 있었단 말입니까? 기르는 책임을 맡은 사람은 젖을 먹이라고 권하기에 겨를이 없어야 할 터인데 도리어 우러러 청하여 젖을 뗀단 말입니까? 비록 그들이 무슨 설을 가탁하여 그랬

는지 모르겠지만, 상식적인 도리로 헤아려 볼 때, 그에 대한
설을 얻지 못하였습니다.

정조 10년(1786) 5월 3일, 문효세자가 홍역을 앓다가 5월 11
일에 죽었다. 6월 1일에 신하들이 당시 세자를 치료했던 의관
들도 문제가 있었지만, 기본적으로 일찍 젖을 끊었기 때문에
체력이 약한 탓이라고 하였다. 당시 문효세자는 다섯 살로 그
이전에 젖을 끊었다. 그런데 실록의 내용을 살펴보면 왕실의
아이들은 적어도 여섯 살까지 젖을 먹었다는 사실을 확인할
수 있다.

맞춤형 교육

왕실 교육은 태교부터 시작되어 왕이 되었을 때도 받아야
만 했다. 조선은 유교를 숭상하는 정책을 펼친 나라로 학문을
익히고 신하들과 강론을 펼치며 정국을 운영해야만 한다. 그
러기 위해서 왕은 학문적 능력을 갖추고 있어야만 했다.

왕실 교육 제도의 대표적인 것은 서연과 경연이다. 왕세자
가 되면 장차 국왕이 갖춰야 할 학문과 소양을 닦는 공부를 하
게 된다. 세자의 스승은 학문이 뛰어나고 단정한 사람을 서연
관으로 모셔 세자 교육을 담당하게 한다. 효종은 소현세자가
죽은 후 세자로 책봉된 인물이다. 인조가 자신을 왕세자로 삼
자 봉림대군은 왕세자로 명한 성명을 거둘 것을 청했지만 인

조는 형이 죽으면 아우가 계통을 잇는다는 예를 썼다며 사양하지 말라고 하였다. 어쩔 수 없이 세자가 된 봉림대군은 훗날 왕위를 잇기 위해 더욱 학문에 힘써야만 했다. 『조선왕조실록』에 "왕이 세자로 있었던 4년 동안 양궁(兩宮) 사이에 화기가 넘쳤으며, 날마다 서연(書筵)을 열어 토론하였는데 게으른 기색이 없었다"라는 기록을 보아도 세자로서 소양을 갖추려고 얼마나 노력했는지 알 수 있다.

> 평안하신 적으신 보옵고 친히 뵙는 듯 든든하고 반갑습니다. 가히 없어 하며 입춘 후에 일기가 많이 추우니 날마다 서연에 드시기 얼마나 민망하고 괴로워하실지 한시도 잊지 못합니다.
>
> <인선왕후52, 1647, 인선왕후(어동생) → 장선징(오빠)>

인선왕후의 오빠 장선징이 추운 날씨에도 매일 서연에 참가하자, 인선왕후는 오빠가 세자의 처남으로서 느끼는 부담감과 괴로움에 대해 위로하는 편지를 보냈다. 장선징은 1647년에 세자익위사 익찬의 관직을 제수받았는데 매일 서연에 참가한 것으로 짐작된다.

이처럼 왕실에서는 원손과 세자의 교육에 지대한 관심을 가졌으며, 어린 나이부터 꾸준하게 교육을 받았음을 알 수 있다. 원손이 보양관에서 교육을 받고 세자가 서연을 통하여 교육을 받아 왕이 되었더라도 학문을 게을리할 수 없었다.

경연(經筵)은 임금에게 유학의 경서(經書)를 강론함으로써 국왕에게 경사(經史)를 가르쳐 유교의 이상 정치를 실현하려는 것이 목적이었다. 그러나 실제로는 국왕이 마음대로 왕권을 행사하는 것을 규제하는 기능도 수행한다. 경연관으로 참여한 대신과 대간들이 정국의 중요한 현안에 논의하고 결정하는 자리이기도 했다.

> 새 임금이 글도 배운 것이 없으니 학문이 있어야 치정(治定)이 날 것이니 누가 가르칠 것인가? 상감이 죄를 지은 집안의 자손으로 지내서 보고 들은 것이 없으니 책망할 길도 없고 속만 갖가지 생각이 끓으니 내 근력은 공연히 탈진하여 견딜 길이 없으니 이러한 괴이한 팔자가 고금 천하에 없는 듯하네. 대행왕(현종) 천자가 총명 영예하시고 인자하셨던 아까운 품성이 원통하고 망극하여 끝이 없을 뿐이네.
>
> <순원봉서33-12, 1850, 순원왕후(재종누나) →
> 김흥근(재종동생)>

순원왕후는 철종이 글을 배우지 않아 학문이 없으니 앞으로 정치를 어떻게 다스릴 것이며 누가 나서서 가르칠 것인지 걱정이 이만저만 아니었다. 철종은 스무 살이 될 때까지 학문과는 거리가 먼 삶을 살았고, 왕으로서 갖추어야 할 기본적인 소양도 없었다. 한 나라의 왕이 되기까지 어린 나이부터 꾸준하게 교육을 받아야만 한다. 그러나 그렇지 못한 철종이 경연의 자리에서 신하들과 학문을 논하기는커녕 행여 왕의 권위가 실추될까 봐 순원왕후는 걱정이 되었다. 그러면서도 갑자기 공부해야하는 철종이 애처롭기도 하고 앞으로 어떻게 가르쳐야 할지 막막한 심정을 편지에 그대로 드러내고 있다.

아들을 낳아 기쁘다

조선시대의 여성, 특히 왕비는 왕위를 승계할 아들을 출산해야 하는 의무감이 있었기에 왕비의 임신과 출산은 왕실에서 매우 중요하였고 최대 관심사였다. 왕실에서의 출산은 왕비와 후궁에 따라 출산기구가 다르게 설치된다. 왕비와 빈의 출산을 돕기 위하여 산실청(産室廳)을 설치하고, 후궁의 출산을 돕기 위해서는 호산청(護産廳)을 설치한다. 『육전조례(六典條例)』에 의하면 산실청은 왕비나 세자빈, 세손빈의 분만을 돕기 위하여 설치되는데, 분만한 날로부터 7일까지는 승지 전원이 퇴근하지 않고 비상 근무를 하게 된다. 호산청에 대해서는 숙종의 후궁인 숙의최씨가 왕자를 낳았을 때 설치하였다는 기록과 함께 이때 출산의 도움을 준 환시와 의관에게 내구마(內廐馬), 즉 관아의 말을 상으로 주었다는 기록이 있다.

인선왕후는 처음부터 왕비로 간택된 것이 아니라 1630년 인조의 둘째 아들인 봉림대군의 배필로 간택되었다. 그는 1637년에 볼모로 청나라로 가게 된 봉림대군과 함께 타국에서 9년 동안 험난한 생활을 하였다. 이때 청나라로 가는 도중에 첫째 딸 숙신공주가 급사하였다. 1645년 소현세자가 갑자기 세상을 떠나자 봉림대군이 세자의 자리에 오르게 된다. 인선왕후는 궁궐에 들어오기 전에 이미 훗날 왕위를 승계할 현종과 숙신공주, 숙안공주, 숙명공주, 숙휘공주를 출산하였다.

인선왕후는 세자빈이 되어 궁궐로 들어와 1646년에 숙정공주를 출산하고 2년 뒤 1648년에는 숙경공주를 출산하였다. 그때마다 출산하기 두세 달 전에 산실청을 설치하고 의관을 미리 숙직하게 하였다. 해산한 후에는 왕이 출산을 도왔던 이들에게 하사품을 내렸다.

조선시대는 아들을 출산하여 가문의 대를 잇게 하고 제사를 받들게 해야 하는 것이 당대 여성의 책임과 의무였다. 인선왕후는 "숙안이는 해산을 무사히 한 중에 아들을 낳으니 기쁘기 가없다"면서도 "너는 언제 아들을 낳아 저 늙은 시아버지를 영광스럽게 하겠느냐"며 아직 아들을 출산하지 못한 숙명공주를 걱정하였다. 숙안공주(1636~1697)는 숙명공주의 언니로 1650년에 홍득기와 결혼하여 1654년에 아들 홍치상을 낳았다. 또 다른 편지에 "숙정이는 배도 넓적하고 보배딸을 배었도다 싶어 저 시집에서 하고 저리 뽐내고 있다가 핀잔스러워 어찌할까 염려를 했는데 아들을 낳으니 그런 보람되고 기쁜 일이 어디 있으리"라는 내용도 있다. 조선시대의 여느 어머니처럼 인선왕후도 시집간 딸이 아들을 출산하여 가문의 대를 잇는 모습을 보는 것이 큰 기쁨 중 하나였다.

인선왕후는 인조의 둘째 아들인 봉림대군의 배필로 간택되었다. 병자호란으로 봉림대군이 청나라로 볼모로 가게 되자, 봉림대군을 따라 타국에서 9년 동안 험난한 생활을 하였다. 당시 청나라로 가는 도중에 첫째 딸인 숙신공주가 급사하였다. 아들 현종은 심양에 머무는 중에 태어났다.

1645년 소현세자의 죽음으로 봉림대군이 세자의 자리에 올랐다. 인선왕후의 친정과 일가는 대부분 강경척화파로 북벌론을 지지했다. 인선왕후는 인조의 총애를 받았던 소용조씨를 상궁 처소로 옮기게 하고 장렬왕후의 권위를 되찾아 주었다. 또한 궁궐의 푸닥거리 굿판을 정비하고, 군량미 확보를 위해 금주령을 내려 종묘에 쓸 제주 이외 술을 빚지 못하게 했다. 나아가 군사들의 의복을 만들기 위해 군포를 거두는 과정에서 그는 민심을 회복하고자 경로잔치(기로연)를 열기도 하였다. 특히 단색 이불을 적색과 청색을 섞어 만들어 유사시 군복으로 전용할 수 있도록 대비하였는데 이때부터 두 가지 색깔의 이불이 만들어지기 시작했다고 한다.

효종과 인선왕후 사이에 태어난 자식은 숙신공주, 숙안공주, 숙명공주, 숙휘공주, 숙정공주, 숙경공주와 아들 현종이 있다. 숙정공주(淑靜公主, 1646~1668), 숙경공주(淑敬公主, 1648~1671)는 병으로 일찍 죽었다.

3. 어우렁더우렁 살다 보면

글을 적고 시를 짓다

조선시대의 공주는 왕과 왕비 사이에 태어난 딸로 품계가 없는 무품계다. 당시 조선의 품계는 정1품에서 종9품까지 총 18개의 품계로 구성되어 있다. 조선시대의 공주와 옹주로 태어나 결혼한 숫자는 92명에 이른다.

한편 결혼하기 전의 공주들은 어떤 교육을 받으면서 궁궐에서 살았을까? 한글 창제 직후부터 조선후기까지 일관되게 한글을 적극적으로 영위한 계층이 바로 왕실 여성들이었다. 훈민정음 창제가 왕의 주도하에 이루어졌고, 왕실을 중심으로 한글 문헌 간행사업이 이루어진 만큼 한글 사용은 왕실에서부터 시작되어 점차 확대되는 양상을 보였다. 따라서 왕실 여성들은 일찍부터 한글을 익히고 한글을 통한 문자 생활을 영위하였다.

특히 왕이 직접 공주를 가르치는 사례가 있어 주목할 만하다.『복온공주글씨첩』에는 복온공주가 창덕궁 옥화당에서 지낼 때 쓴 한글 시 7편과 한문 시 3편이 전해지는데 모두 12세 때 쓴 것이다. 시마다 시제를 적었으며 아버지인 순조가 손수 점수를 매기고, 점수에 따라 둘째 딸 복온공주에게 내린 상품 목록이 적혀있다.

복온공주가 쓴 한글 오언시에 순조가 과거시험에 매기던 12등급에 따라 직접 점수를 '次上'으로 매기고, 후추 1되를 상으로 내려 준 사항을 적어 놓았다. 아버지는 점수를 한자로 '次上一, 三中' 등으로 표기하였고, 백면지, 붓, 먹, 돈, 후추 등의 여러 상품을 복온공주에게 내려주었다.

순조와 순원왕후 사이에는 효명세자, 명온·복온·덕온공주가 있었다. 이들 왕실 가족은 글을 읽고 쓰는 것을 좋아했는데, 효명세자가 남긴 『익종간첩(翼宗簡帖)』에서 그 예를 찾아볼 수 있다. 이 책은 효명세자와 누이인 명온공주 등과 주고받은 시문을 우리말로 번역해 엮은 책이다. 「삼매연체(三昧連体)」에 의하면 명온공주는 성품이 명민하고 기골이 청수하며 시사(詩詞)에도 섭렵하여 소식(蘇軾)의 소매(小妹)에 비유하여 '매란여사(梅蘭女史)'라는 호를 효명세자가 붙여줄 정도였다. 특히 명온공주와 친하여 사흘만 보지 않으면 그리워 시를 보내었을 정도로 각별하였다.

낮에 음식을 잡수시고 안녕히 지내오십니까? 이 글은 소인이 지었으니 갑하시고 어떠하온지 보아 주오시길 바라옵니다.

구츄상야당 (가을의 서리 내리는 밤은 길기만 한데)

독디옥촉명 (가볍게 하늘거리는 등불만 홀로 대하고 있네)
져두요상형 (머리를 수그리고 멀리 오라버니를 생각하는데)
격유문홍명 (창 너머에는 기러기 소리만 들려오네)

명온공주는 효명세자에게 한시를 한글로 표기하여 보내면서 자신이 지은 시가 어떠한지 살펴봐 달라고 한다. 그러자 효명세자는 편지와 함께 한시를 몇 군데 고쳐 보낸다.

글씨 보고 든든하며 이 글 지었기에 두어 곳 고쳐 보내니 보아라. '져두요상형'은 나를 생각함이라 그윽기 감사하노라.

산챵낙목향 (산창(山窓)에 나무 잎 떨어지는 소리)
긔쳡시인슈 (몇 첩이나 시(詩)하는 사람의 근심인고)
슈월몽변고 (파리한 달이 꿈 가에 괴로웠으니)
쟌등위슈유 (쇠잔한 등잔은 누구를 위하여 머물렀는고)

이 글은 또 여사를 생각함이다.

효명세자는 누이에게 화답의 시도 보냈는데 이때에도 한시를 한글로 표기하였다. 특히 "여사를 생각함이다"라는 대목에서 동생과 각별한 사이라는 것을 짐작할 수 있다. 명온공주가 결혼하여 궁궐 밖에 살 때, 순조와 효명세자는 자주 명온공주의 집을 방문했다. 『조선왕조실록』에 의하면 순조가 명온공주의 집을 방문하려고 하자 승지가 이를 반대했지만 기필코 순조는 효명세자와 함께 명온공주의 집에 방문했다는 기록이 있을 정도다. 또한 효명세자가 환궁할 때 명온공주의 집에 들르려고 하니, 승정원에서 반대의 청을 올렸지만 따르지 않았다는 것이다.

순원왕후 역시 평소 소설을 읽고 글쓰기를 좋아했는데, 그의 자식들 역시 부모의 영향으로 글을 읽고 글쓰기를 좋아했던 것으로 짐작된다. 특히 덕온공주가 시집갈 때 많은 혼수품을 챙겨 보냈는데, 그중 국·한문소설 4천 권도 들어 있었다. 덕온공주는 결혼 후에도 자신의 글씨체에 대해 어머니의 의견을 편지로 묻곤 하였다.

> 편지를 보고 날씨가 고르지 못한데 신상이 무탈한가 싶으니 든든하고 기쁘구나. 쓴 글을 보니 글자의 대소가 맞고 잘 썼지만, 글자가 반쯤 흘려 쓴 글씨가 되었구나. 아주 초서로 고쳐 써서 들여보내거라.

<순원왕후(어머니) → 덕온공주(딸)>

덕온공주가 순원왕후에게 편지와 글을 쓴 것을 보내자 어머니는 글자 크기가 고르나 흘려 썼다며 다시 고쳐 써서 궁궐로 보내라 하였다. 한글박물관에서 간행한 『덕온공주가 한글』에는 아버지 순조가 한문으로 쓴 『자경전기』를 어머니 순원왕후의 명으로 덕온공주가 『자경전기』에 토를 달고 한글로 독음

순원왕후가 덕온공주에게 보낸 편지(출처: 한국학중앙연구원 장서각)

을 기록한 것이 있다. 자식은 부모의 거울이라는 말이 있는 것처럼 부모의 문학적 성향이 효명세자, 명온·복온·덕온공주들에게도 영향을 끼쳤다는 것을 알 수 있다. 이들 가족 모두는 평소 책을 읽고 시를 짓는 등 일상생활에서 문학을 가까이하며 지냈다. 이는 가정교육이 중요하다는 것을 잘 보여준 사례다.

소설을 읽고 글을 쓰다

『내훈』은 15세기 소혜왕후가 부녀자의 교육을 위하여 편찬한 책으로 한글로 된 최초의 여성 교육서이다. 혜경궁홍씨가 지은 『한중록』에는 "영조께서 친히 지으신 『훈서(訓書)』

를 보내시어『소학』을 배우는 사이에 보라"는 대목이 있는데,
『훈서』는『어제훈서(御製訓書)』를 언해한 책으로 짐작된다.

　영조 10년(1734)에 "『여사서(女四書)』를 언문으로 해석하여
교서관으로 하여금 간행하여 올리게 하다"라는 기록에서 영
조는『여사서』를 언문으로 간행하여 반포함으로써 여성 교육
의 필요성을 강조했다.

　사대부가(士大夫家) 여성에서 왕실 여성으로 궁궐에 들어온
순간 왕실의 일원으로서 익혀야 할 여성의 교양과 왕실 생활
에 필요한 지식 등은 책 읽기를 통해 이루어졌다. 이런 책들은
비자발적인 독서행위로 독서의 재미와는 다소 거리가 멀었다.
따라서 왕실 여성들은 규범서를 읽는 틈틈이 소설을 읽었다.
소설 읽기는 왕실 여성들이 부담 없이 즐길 수 있는 독서이므
로 왕실 여성들 사이에 유행되었다.

　인선왕후는 숙명공주가 궁궐에 다녀가자 딸과 함께 있지
못함을 서운해하고 홀로 있는 시간이 무료했다. 그래서 "녹의
인전을 다시 보내려 하니 기쁘다"라는 편지를 보내기도 한다.
<녹의인전>은 혼령의 여인이 전생에 못다 한 사랑을 이루기
위하여 녹색 옷을 입고 이생에 나타나 조원과 3년동안 사랑을
나눈다는 이야기로, 중국 명나라 구우가 지은『전등신화』에
실려 있는 소설이다. 왕후는 무료한 시간을 달래기 위해 소설
을 다 읽고 딸에게 소설을 돌려보냈다.

　『전등신화』에 대한 최초의 기록은 연산군일기에서 찾아볼

수 있다. 연산 12년(1506)에 "『전등신화』, 『전등여화』, 『효빈집』, 『교홍기』, 『서상기』 등을 사은사에게 사 오게 하라"는 내용과 "『전등신화』, 『전등여화』 등을 인출하여 바치라"는 내용이 있다. 16세기 초에 중국소설이 궁중에서 유통되고 있었음을 알 수 있는 부분이다. 선조 2년(1569)에는 경연 자리에서 『전등신화』에 대해 언급한 바 있으며, 효종이 봉림대군 시절, 『전등신화』에 나오는 구절에 대해 스승 심광수(1598~1662)에게 물어보는 내용도 있다. 이처럼 임진왜란 전후로 전래한 중국소설은 왕실과 식자층을 중심으로 독자층이 형성되었던 것으로 볼 수 있다.

인선왕후가 숙명공주에게 보낸 다른 편지에도 숙명공주가 궁궐에 들어올 때 감역집에서 필사한 책을 찾아서 오라고 하면서 <하북이장군전>을 보낸다는 대목이 있다. 17세기 당시 세책가와 방각본 소설이 등장하지 않았던 시기이다. 왕실 여성들은 궁궐 밖의 감역집에서 소설을 필사한 후 궁궐로 반입하여 소설을 향유하고 있음을 짐작할 수 있다. 이외에도 궁궐에 들어와 <수호전>을 챙겨 가라고 하는 내용도 있다. 인선왕후는 첫째 딸 숙신공주를 일찍 잃었지만 다섯 명의 딸이 있었다. 평상시 왕후는 사가(私家)로 시집간 다섯 명의 딸들과 소설을 돌려가면서 읽으며 시간을 보냈다.

한편 <수호전>이 공적 기록에 등장한 것은 1637년 『승정원일기』에서다. 인조 15년(1637)에 중국 사신이 <수호전>을 청구하였다. 당시 조정에서는 <수호전>이 어떤 책인지 잘 모르고 있었는데 수소문 끝에 박미의 집에서 <수호전>을 구하게 된다. 이후 <수호전>은 자연스럽게 조정에서 유통되었을 것이고, 이에 궁중 여성들도 <수호전>을 접할 수 있는 계기가 되었을 것으로 짐작된다.

명안공주 관련 편지에도 왕실 가족들의 독서 경향을 알 수 있는 부분이 있다. 현종이 명안공주에게 보낸 물목단자에 <박안경기(拍案驚奇)>와 <옥교리(玉嬌梨)>라는 소설의 제목이 표기되어 있다. <박안경기>는 명말의 능몽초가 쓴 구어체 단편 소설집이며, 무협의 내용으로 구성되어 있다. 명나라 말기부터 청나라 초기까지 재자가인(才子佳人)을 소재로 한 통속소설이 유행하였다. 대표적 소설이 <옥교리>이다. 물목단자에는 소설 제목을 한자로 표기했으나 언해본 소설로 짐작된다.

인선왕후가 숙명공주에게 보낸 편지에서 중국소설이 한글로 번역되어 읽고 있는 것으로 보아 당시 17세기는 궁중과 사가로 시집간 공주들 사이에서 한글 번역본인 중국소설이 널리 유통되었음을 짐작할 수 있다.

조선시대 여성들이 소설을 읽고 쓰면서 하나의 소설문화를 형성한 시기는 17세기 중후반인 조선후기에 이르러서이다. 용인이씨(1652~1712)는 좌의정을 지낸 이세백과 연일정씨의 4남 1녀 가운데 큰딸로 태어났다. 그녀는 17살에 안동권씨 권상병과 결혼하였다. 용인이씨의 아들 권섭(1671~1759)은 어머니 용인이씨가 남긴 『소현상록』 대소설 15책과 「한씨맞대도록」, 「설씨맞대도록」을 포함한 5종의 소설을 필사하여 자손들에게 분배했다는 기록을 남겼다. 이처럼 용인이씨의 친정과 시댁은 소설에 대해 우호적이었기 때문에 그녀는 평생 소설을 필사해서 읽을 수 있는 행운을 누릴 수 있었다. 더구나 용인이씨의 할머니와 인선왕후는 인척간이며, 용인이씨 어머니의 남동생이 바로 정제현이다. 정제현은 숙휘공주의 남편이다. 게다가 용인이씨가 14살 때에 국문책을 매우 잘 써서 인선왕후에게 칭찬을 들었을 정도였다. 용인이씨가 평생 소설편력을 펼칠 수 있었던 것도 왕실 여성들과의 교유와 소설에 대해 우호적인 집안 분위기 때문에 가능했다.

특히 우리가 잘 알고 있는 혜경궁홍씨가 10년에 걸쳐 쓴 네 편의 작품을 묶은 『한중록』을 보면 당시 왕실 여성들의 필력을 짐작할 수 있다. 1755년 8월에 친정어머니가 돌아가시자 혜경궁홍씨는 궁궐로 어린 동생들을 불러들여 위로하고자 하였다. 이때 혜경궁홍씨가 가지고 있던 한글 장편가문소설 『유씨삼대록』을 동생들이 읽으며 눈물을 흘렸다고 술회하고 있다. 잠시나마 동생들이 어머니를 잃은 슬픔을 잊기를 바라는 마음에서 소설을 읽게 하였는데 오히려 슬픈 감정이 소설에 이입되어 우는 동생들을 보게 된 것이다. 어쨌든 혜경궁홍씨는 왕실 여성으로서 읽어야 할 규범서 이외에 한글소설을 읽었다는 것을 알 수 있다.

이처럼 17세기는 왕실 여성들이 사적인 차원에서 소설을 필사하거나 공유하면서 읽는 새로운 독서문화를 형성하였다. 이는 혜경궁홍씨가 쓴 회고록『한중록』, 궁인이 지은 것으로 짐작되는『인현왕후전』,『계축일기』등의 창작으로 이어지게 된다. 또한 왕실 여성들은 소설을 적극적·능동적으로 읽기도 하고, 궁궐 밖의 여성들과 자유롭게 유통하는 문화 소비의 주체자인 동시에 지지자였음을 알 수 있다.

궁중의 공연문화

산대나례는 임금이 궁궐 밖으로 행차하여 의식을 거행하고 돌아올 때 환궁 행사의 하나로 거행되거나 중국 사신이 올 때 입궁 행사로 거행되었다. 산대는 비용이 많이 들기 때문에 궁정의 공연문화로 전승됐다. 산대나례는 임금을 위한 행사였지만 임금은 실질적인 관객이 될 수 없었다. 산대와 그 앞에서 벌어지는 화려하고 떠들썩한 축제 분위기를 통하여 백성들의 환호를 받아들이는 것이 전부다. 이는 잡희를 즐기는 임금의 모습이 백성들의 눈에는 바람직하지 않다고 여겼기 때문이다. 그래서 임금은 행동거지와 신변 보호에 각별한 주의를 기울여야 했다.

하지만 장소가 궁궐이면 내용이 다르다. 궁궐에서 행하는 연말나례는 왕과 왕비, 종친, 궁중관료 등이 참석한다. 낮에는 나례, 처용놀이, 잡희를 하였고, 밤에는 대규모 불꽃놀이를 벌였다. 나례는 가면을 쓴 방상씨가 귀신을 쫓는 놀이를 하는 것으로 보통 편전의 뜰에서 공연되었다. 이때 공연된 연극이나 잡기 등은 묵은해를 보내고 새해를 맞이하는 벽사진경(辟邪進慶)의 의미와 배우들의 놀이를 통하여 정치의 득실 및 풍속의 미악(美惡)을 살핀다는 명분을 지니고 있었다. 그러나 실질적으로 임금 이하 왕실 및 측근 신하들이 놀이를 즐기며 친목을 다지는 오락적 성격이 더 짙었다.

그러나 해마다 열렸던 연말나례를 더는 할 수 없게 되었다. 임진왜란과 병자호란으로 인해 나라의 경제가 극도로 어려운 상황에서 궁중의 연말나례를 실시하기에는 큰 부담으로 작용했다. 결국 인조 12년(1634)에 연말나례는 열리지 않게 되었다. 왕을 비롯한 왕실 여성들은 공식적으로 관람할 수 있는 나례를 더는 볼 수 없게 되었다. 그나마 중국 사신이 올 때 행하는 산대나례는 여전히 열렸다. 이에 왕실 여성들에게 산대나례는 더욱더 관심의 대상이 되었다.

인선왕후는 숙명공주에게 산대나례를 하는 날은 구경하기가 번거로우니 삼도습의(三度習儀)를 하는 날 와서 구경하라는 내용의 편지를 보낸다. 삼도습의란 나라에 큰 행사가 있을 때 공식적으로 미리 세 번의 연습 과정을 거쳐 의식을 익히는 것을 말한다. 『승정원일기』(1652년 6월 7일)에는 영접도감이 효종에게 8일에 삼도습의를 하려고 하였으나 아직 완성하지 못한 것이 많아 모두 갖추어 10일에 사습(私習) 후 헌가와 잡상을 경복궁 앞길 좌우로 늘어세우겠다고 아뢰는 내용이 있다. 산대나례는 세 번의 공식적인 예행연습인 삼도습의를 거쳐야 하는데 공연의 완성도를 위해 사습을 겸하여 실시하겠다는 것이다.

사습이라도 당일에 실시하는 공연 못지않은 완성도를 갖추고 있었기에 숙명공주가 이날 구경하는 것이 좀 더 편하게 공연을 즐길 수 있겠다고 인선왕후가 판단한 것이다. 인선왕후는 산대나례를 하기 며칠 전부터 연달아 숙명공주에게 편지를 보냈다. 당시 숙명공주는 결혼한 지 얼마 되지 않은 신혼이었다. 숙명공주는 심익현과 1652년 5월 3일에 결혼했다. 어머니는 딸에게 6월 7일에 궁궐로 들어오라고 했으나 사위가 섭섭해한다는 이야기를 듣고 9일에 들어오라며 한 걸음 물러나는 모습까지 보인다.

인선왕후가 딸에게 산대나례의 일정을 세세하게 전하는 모습에서 산대나례를 보여주기 위해 애쓰는 어머니의 마음을 읽을 수 있다. 또한 두 차례의 전란으로 인해 연말나례가 폐지된 상황에서 중국 사신을 맞이하는 나례는 왕실 여성들이 가장 관심 있게 관람할 수 있는 공연이었다. 비록 상층중심의 공연문화가 축소되었지만, 왕실 여성들은 공연예술문화의 소비주체로 문화생활을 능동적으로 누렸다. 하지만 산대나례는 특별한 날에만 행해졌다.

그렇다면 왕실에서는 평상시 무엇을 하며 시간을 보냈을까. 인선왕후는 병자호란 후 효종과 함께 청나라에서 생활을 하였고, 효종이 즉위한 후에도 북벌정책을 추진하는 남편을 보필하였다. 이들 부부는 청나라로 가던 중 첫째 딸을 잃었기 때문에 남은 자식들이 더욱 애틋했다. 특히 청나라 심양에서 힘든 볼모 생활을 할 당시에 얻은 딸이 숙명공주와 숙휘공주였다. 효종 내외와 그 가족들이 남긴 편지를 보면 부모와 자식, 형제자매 간의 우애가 돈독했다.

효종 8년(1657) 8월 16일, 송시열이 효종에게 사직을 청하면서 '시무 19조'를 건의하였다. 내용은 왕이 국정을 이끌어 나가는 데 도움이 될 만한 것들을 19조목에 걸쳐 적어 놓은 것이다. 거기에는 왕이 궁궐에서 오락을 삼가고 검속할 것을 청하는 내용이 있다. 효종은 세자시절부터 계모인 장렬왕후를 극진히 모셨다. 평소 인조와 사이가 좋지 않았던 장렬왕후가 병이 들자 인조는 병의 핑계로 장렬왕후를 경덕궁으로 옮기도록 명하였다. 그러나 효종은 즉위하자마자 만수전(萬壽殿)을 지어 장렬대비를 다시 모셔왔다. 그리고 장렬대비를 위해 자주 세자빈과 공주들을 불러 모아 쌍륙과 바둑을 즐기며 놀았다. 송시열은 이를 경계하도록 항목에 넣은 것이다. 어쨌든 당시 궁궐 내에서 왕과 왕실 여성들이 즐겼던 놀이가 쌍륙과 바둑이라는 점을 알 수 있다.

한편 평상시 공주들은 무엇을 하며 지냈을까. 이 부분은 혜경궁홍씨가 지은 『한중록』에서 공주들의 일상을 확인할 수 있다.

여러 옹주 중 화순옹주는 온화하고 공손하시고, 화평옹주는 유순하며 나를 사랑하고 공경함이 지극하시니라. 아래로 두 옹주는 나와 나이가 서로 비슷하나, 귀한 아기씨들이어서 놀이나 즐기는데, 함께 놀자 하되 내 따라 놀지 않으니라. 또 옹주 방 안에 놀거리들이 많으나 내 좋아하며 보는 일이 없더라.

열 살의 어린 나이에 궁궐로 들어온 혜경궁은 또래의 시누이들과 놀 수 있었다. 옹주들은 온갖 놀거리를 방안에 두고 놀이를 즐겼는데, 옹주가 궁궐에 막 들어온 또래의 올케 혜경궁에게 같이 놀 것을 권했다. 그러나 혜경궁은 옹주들과 섞여 놀 수는 없었을 것이다. 그녀가 평소 놀이를 즐기지 않아 거절했다곤 하지만 왕실 여성으로 들어온 이상 항상 몸가짐을 올바르게 해야 함을 깨달았던 것이 아닐까.

❖ 더 알아보기

쌍륙은 주사위 2개를 던져서 6·6의 사위가 나오면 이기는 놀이다. 쌍륙은 궁궐이나 양반가에서 주로 유행한 상류계층의 놀이다. 신윤복의 풍속화 〈쌍륙〉에서는 양반과 기생이 쌍륙을 즐기는 것을 볼 수 있다. 연암 박지원 역시 편지를 쓰다가 막히면 자신의 왼손과 오른손을 갑과 을로 나누어 혼자서 대국을 할 정도로 쌍륙을 즐겼다고 하니, 쌍륙은 일상적 공간에서 즐겼던 놀이 중 하나다.

수를 놓고 옷을 짓다

왕비와 공주들은 의복을 만들기 위해 손수 바느질할 필요가 없었다. 이들이 사용하는 각종 의복이나 침선 등은 침방에서 제조하기 때문이다. 그러나 간혹 왕비와 공주들이 손수 바느질하거나 수를 놓기도 했다.

공주는 결혼하더라도 시댁으로 들어가 사는 것이 아니라따로 살림집을 내어 살았다. 궁궐에서는 공주궁이 따로 있었고, 공주를 시중드는 궁녀들이 있었다. 결혼 후에도 여전히 시중을 드는 사람들이 있었기 때문에 공주들은 대체로 시간이많았다. 따라서 공주들은 무료한 시간을 보내기 위해 소설책을 읽거나 그림과 수예로 미를 추구하는 등 문예활동을 하기도 하였다.

인선왕후가 숙명공주에게 보낸 편지를 보면 "숙휘는 아기베개에 가산(假山)의 모습을 수놓느라 부산을 떨고 있는데 너는 어찌하려고 하느냐"라고 묻는 내용이 있다. 숙휘공주는 숙명공주의 바로 아래 동생이다. 먼저 결혼한 숙명공주가 임신하지 못하고 있는 상태에서 숙휘공주가 출산 준비로 아기의베개에 수를 놓고 있는 모습을 볼 수 있다.

숙명공주는 어머니에게 편지와 함께 실첩을 보냈다. 실첩은 실이나 헝겊 조각 등을 담기 위해 종이를 접어 만든 손그릇을 일컫는데 여기에서 왕실 여성들이 수예나 글씨로 미를 추구하는 모습을 엿볼 수 있다. 숙명공주가 보낸 실첩에는 글씨가 쓰여 있다는데, 아쉽게도 실첩의 내용을 파악할 수 없다.

> 편지 보고 무사히 있으니 기뻐하며 보는 듯 든든하고 못
> 내 반긴다. 원상의 생일 옷은 조각을 모아 하여 준 것이 무
> 엇이 의젓하리. 할미의 어리석음이 그리 엉뚱하게 하였구
> 나. 어린아이가 누비옷보다 민솜옷을 입고 있는 모습이 의
> 젓하고 어여쁘다. 첫돌에 칼을 만드니 제 딴에는 너무 크니
> 다시 줄이자면 매양 작아 있을 것이 아니니 아깝고, 이제 차
> 기는 아무래도 크니 윗전에서 하여 주신 칼이 이제 맞으니
> 그것을 차게 하려고 아침에 그 칼을 끈 달게 보내라 하였는
> 데 그 편지가 갔든가 한다. 정승댁에 갔다 하니 한 발이나
> 머니 섭섭해한다.

<숙명신한첩36, 1660, 인선왕후(어머니) → 숙명공주(딸)>

숙명공주의 둘째 아들 원상이가 첫돌을 맞이하였다. 인선
왕후는 첫돌을 맞이한 외손자를 축하하기 위해 의미 있는 선
물을 해주고 싶었다. 그래서 손수 천 조각으로 모양을 만들어
외손자의 생일 옷을 직접 만들었다. 할머니는 뿌듯한 마음으
로 외손자에게 옷을 입혔더니 의젓해 보이지 않고 생각했던
것보다 별로였나 보다. 민망한 할머니는 자기 생각이 엉뚱했
다고 말한다. 대신 누비옷보다 솜옷을 입고 있는 외손자의 모
습이 더 의젓해 보인다며 그제야 웃음을 되찾는다.

색동저고리는 여성들이 바느질하고 남은 여러 색의 비단

숙명신한첩 언간(출처: 한국학중앙연구원 장서각)

조각을 버리지 않고 모아두었다가 아기가 첫돌이 될 때 각 색의 비단 조각으로 이어 붙여 저고리를 만들어 입힌 데서 유래되었다. 또한 음양오행설에 따라 액땜을 하거나 복을 받기 위해 오방색을 이어 붙여 색동옷을 만들어 입혔다. 색동저고리는 오늘날에도 남녀 아이 할 것 없이 첫돌이나 명절에 많이 입는다.

또한 할머니는 옷뿐만 아니라 칼도 만들어 선물로 주었더니 외손자에게는 너무 컸다. 그렇다고 다시 줄이려고 하자니 칼이 아깝기도 하다. 마침 현종이 직접 칼을 만들어 내려 준 것이 있었는데 지금 딱 맞을 것 같아 급히 사돈댁에 연락하여 칼에다 끈을 달아 궁궐로 보내달라고 하였다. 인선왕후는 첫돌을 맞이하는 손자를 위해 직접 바느질하여 옷을 만들어 입히고 칼을 만들어 선물로 주는 등 외손자를 무척 사랑하는 할머니였다.

한편 인선왕후는 결혼한 공주들에게 가죽과 비단 옷감을 보내주었다. 왕후뿐만 아니라 왕이 옷감과 바느질 도구를 보내기도 했다. 정조는 외숙모와 생질녀에게 편지를 자주 보냈는데, 특히 생질녀에게 바느질 도구를 보내주는 모습이 확인된다. "잘 있느냐? 이것을 보내니 보아라. 보다가 점점 오래니 섭섭하다. 향 하나 바늘 한 봉 가위 하나"라며 짧은 편지와 물품을 보내주기도 했다. 시집간 생질녀를 오랫동안 보지 못한 그리움을 담아 바늘과 가위 등을 챙겨 보내는 외삼촌의 따뜻한 마음을 느낄 수 있다.

4. 마음을 담아 보냅니다

설날 가묘(家廟)에 인사드리고 제사 지내는 것을 '차례'라고 한다. 남녀 모두 새해를 맞이하여 새 옷으로 차려입는 것을 '세장(歲粧)'이라고 하며, 친척 어른들을 찾아뵙고 인사하는 것을 '세배'라고 한다. 제철 음식을 대접하는 것을 '세찬(歲饌)'이라고 하고, 술을 '세주(歲酒)'라고 한다. 왕실 편지에는 왕과 왕비가 친인척에게 새해 인사 편지를 보내거나 세찬을 보내는 경우가 있다.

왕이 새해를 맞아 옹주들이 만복하다니 기쁘다는 내용을 보내거나 시집간 공주들이 새해 인사 편지를 모두 같은 내용으로 적어 보내자 아버지는 성의가 없다며 다음에도 성의 없이 편지를 보내면 받지 않겠다며 딸을 꾸짖기도 한다. 아버지는 형식적인 글보다 진심이 담긴 내용을 보내주길 바라는 것이다. 편지는 발신자와 수신자 간의 안부를 주고받는 단순한 내용이 오갈 수도 있지만 무성의하게 보낸 새해 인사 편지는 받는 사람에게 불쾌감을 일으킬 수 있다.

왕비도 떨어져 있는 딸에게 새해를 맞이하여 건강하게 잘 지낸다는 소식을 들었다며 딸을 칭찬하였다. 어머니(명성왕후)

는 이미 병으로 두 딸을 잃었고, 명안공주 역시 건강하지 못하여 늘 걱정이었다. 그랬기에 어머니가 진심으로 딸의 무병장수를 바라는 새해 덕담을 적어 보냈다.

새해에 너희들 만복하니 기쁘다.

<선조어필 10, 1594, 선조(아버지) → 옹주들(딸)>

너희는 셋이 마치 같은 말로 글을 적었으니 가장 정성이 없으니 뒤에 또 이리하면 아니 받을 것이니 알아라.

<숙휘신한첩12, 1653~1659, 효종(아버지) → 숙휘공주(딸)>

새해에 잘 지내는 안부 알고자 하며 먼저 적은 편지 보고 든든하고 반가워하노라. 신년부터는 무병장수하고 재채기 한 번도 아니하고 푸르던 것도 없고 호흡도 한없이 평안하여 달음질하고 날뛰기도 하여 아주 잘 지낸다 하니 한없이 치하하노라.

<명안어필10, 1680~1683, 명성왕후(어머니) → 명안공주(딸)>

친인척 챙기기

왕의 외척인 왕비의 가문은 국정을 운영하는 왕에게 중요한 정치적인 세력이었다. 더구나 왕비가 왕자를 생산하여 훗날 자기 아들이 왕의 자리에 올랐을 때 아들을 보필할 든든한 후원자가 필요했다. 왕과 왕비는 혼인 등으로 맺어진 세력과의 유대관계가 정치적으로 중요했다. 왕비는 내명부를 총괄하고 외명부를 지휘·감독하는 수장으로 한 나라의 국모의 임무를 수행했다. 왕비는 친인척의 대소사를 챙기고 치료 약을 보내주거나 새해 인사와 함께 선물을 보내주며 이들과 돈독한 유대관계를 형성했다.

인현왕후(숙종비)가 시고모 숙휘공주에게 보낸 편지 5건이 전해지는데, 아래 편지는 정태일의 발인을 앞둔 상황에서 보낸 것이다.

> 밤사이 기운 어떤 하신 지 알고자 하며 오늘이 발인이라고 하더니 (어떻게) 지내셨습니까? 새로이 망극하고 가슴 아파하심을 뵙는 듯(하여) 할 말이 없습니다. 일기는 참하니 기쁘기 가이 없습니다. 소식이 막힌 듯 답답하여 잠시 아룁니다.
>
> <숙휘신한첩34, 1685, 인현왕후(조카며느리) →
> 숙휘공주(시고모)>

인현왕후는 시고모가 가슴 아파하고 있다는 것을 알기에 발인하는 날이 날씨가 괜찮아 다행이라고만 말한다. 다른 편지에는 숙휘공주가 궁궐에 들어온다는 소식을 듣고 종일 기다려도 오지 않아 서운했다는 내용을 적어 보냈다. 그러면서 뵙고 싶다는 재촉에 혹여 밉다고 여길 수 있지만 그래도 자신은 이렇게 사납게 굴 것이고 또 그런 자신을 더 미움받을까 근심스럽다고 말한다. 이렇게 스스럼없이 말할 정도로 왕후는 시고모와 가깝게 지낸 사이였다. 그러니 섣불리 위로하기보다는 마음을 담은 짧은 편지라도 써서 보낸 것이다. 다른 편지에는 숙휘공주의 아들 정태일이 초시를 합격하여 진심으로 축하해 주며 함께 기뻐했다. 인현왕후에게는 여러 명의 시고모가 있었지만 숙휘공주에게 편지를 남긴 것은 둘의 관계가 돈독하였음을 짐작할 수 있다.

> 밤사이 문안 알고자 하며 오늘은 병환이 어떤 하시지 알고자 합니다. 오늘은 마마(어머니 혜경궁홍씨)께서 생신 음식을 해 주셨는데, 혼자 먹지 못하여 음식을 조금 드리오니 잡수시기 바랍니다. 세손
>
> <정조어필5, 1760~1772, 정조→외숙모>

왕비뿐만 아니라 왕도 주위 사람들을 살뜰히 챙겼다. 정조가 세손에 있을 당시 자신의 생일을 맞이하여 생일 음식을 받고, 마음에 걸려 음식의 양이 많다는 핑계로 외숙모에게 음식을 보냈다. 정조가 원손부터 왕으로 있을 때까지 큰 외숙모에게 보낸 편지를 살펴보면 외가 식구들을 챙기는 모습을 볼 수 있다.

> 섣달 추위에 기후 평안하신 문안 알고자 합니다. 내년은 어머님 육순이시니 경사스럽고 다행스러운 심정을 어찌 다

형용하여 아뢰겠습니까? 새해 초 경사 때에 들어오시면 뵐 수 있을까 하여 든든하고 기다려집니다. 세찬 몇 가지는 변변치 않으나 해마다 보내던 것이기에 보내오니 수대로 받으옵소서. 새해가 멀지 아니하였사오니 내내 평안하시기를 바라옵니다. 1793년 12월 20일

　인삼 한 냥, 돈 일백 냥, 쌀 한 섬, 솜 다섯 근, 큰 전복한 접, 광어 두 마리, 추복 열 접, 생대구 한 마리, 청어 일 급, 살찐 꿩 한 마리, 생치 세 마리, 곶감 두 접, 새우알 석 되, 꿀 다섯 되, 전약 한 그릇, 閩薑 세 근, 서울산 담뱃대 한 개, 담배설대 다섯 개

<정조어필9, 1793, 정조 → 외숙모>

정조는 매년 섣달에 외숙모에게 편지와 세찬을 보내며 새해 인사를 했다. 물품도 인삼, 쌀, 여러 종류의 생선과 꿀, 민강(閩薑, 생강을 설탕에 졸여 만든 과자), 담뱃대 그리고 돈 등 일상생활에 필요한 음식과 생필품을 보내며 마음을 전했다. 그러면서 경사 때 외숙모가 궁궐에 들어오시면 만나 뵐 수 있을 거라며 기다려진다고 한다. 정조는 외숙모뿐만 아니라 조카에게도 세찬을 보내는 등 왕이기 전에 다정다감한 외삼촌이었다.

운수를 점치다

우리의 풍속에는 새해를 맞이하여 재미로 한 해의 운수를 점쳐보기도 한다. 덕온공주가 직접 베껴 쓴 「제갈무후마상점

(諸葛武候馬上占)」에는 일반 풍습이나 동물 등에 빗대어 점괘를 쉽고 재치 있게 풀어놓았다. 점괘는 총 35개이며 '상상', '상중', '상하', '중중', '중하', '하중', '하하'의 7단계로 구분되어 있다. 덕온공주가 새해를 맞이하여 운수를 점치기도 했음을 짐작할 수 있는 부분이다.

> 어제는 잊고 보내지 못했기에 다시 적는다. 남정식이에게 내년에 임금께서 질역(疾疫)이 올해의 운수와는 어떠신가 물어보고, 무슨 일이 언제쯤 있으며 어찌하면 방액(防厄)이 될까 자세히 알아보고 내일 들어오너라.

<명성황후30, 1882~1895, 명성황후(고모) → 민영소(조카)>

명성황후는 임금의 운수를 미리 점쳐본 후 좋지 않은 운수에 대해 그 액을 사전에 막고자 하였다. 황후는 민영소에게 무속인 남정식을 만나 내년의 임금의 운수와 방액에 대해 자세히 알아보고 내일 궐에 들어오라고 한다. 이는 불안한 왕실에서 고종의 안위를 챙기고자 하는 지어미의 마음을 엿볼 수 있는 부분이다. 명성황후의 편지 대부분이 임금과 세자의 건강을 간단하게 적고 있는데 최대의 관심사가 고종과 자신 그리고 세자의 안위였기 때문이다. 현대과학 문명 속에 사는 지금의 우리도 새해에 한 해 운수를 본다. 첨단기술 속에 운수를 알아보는 앱이 생긴 것도 여전히 우리는 운명에 관해 관심이 있다는 것을 방증하는 것이리라.

하사품을 내리다

단종 3년(1455) 실록 기사에 "이날 내연(內宴)이 있었으니, 이것은 단오인데다 고명(誥命)과 관복(冠服)을 받은 것을 경하(慶賀)하기 위한 것이다"라는 기록이 있다. 왕후가 단옷날 내빈을 모아 진연을 베푼 것이다. 연산군 11년(1505) 실록 기사에도 "단오의 진연(進宴)은 옛 명륜당에서 베풀되, 동·서의 벽을 헐어서 종이에 용을 그려서 기둥에 입히고, 또다시 단청하고, 또 동·서재를 헐어서 전면이 안뜰과 더불어 평평하게 하라"는 기록이 있다. 이는 단옷날 대궐에서 진연을 베풀며 지낸 것으로 확인된다.

> 오늘은 수명장수하고 만복 말로 전하는 생일이니 가득히 귀하고 든든하다. (…) 내가 쓰던 벼루로 필묵하고 비워서 오늘 귀한 날이고 경사스러워 상으로 보내니 써라. 벼루와 좋은 먹도 마르지 아니하고 극히 좋다. 아이 상은 가지고 놀게 윷판을 보낸다. 유난목 한 필 준다. 낭자 하나 보낸다. 아이는 잘 자느냐. 오늘은 복 있는 날이기에 벼룻집이 남기로 내보낸다. 타락 보내니 먹어라.
>
> <정순왕후(숙모) → 미상(조카) 1759~1805>

정순왕후(영조계비)가 조카의 생일을 맞이하여 축하 인사와 함께 생일 선물로 자신이 쓰던 벼루와 먹을 보낸다. 그리고 조카의 아이들이 가지고 놀라며 윷판까지 함께 보내주었다. 윷판의 모양을 정확히 알 수 없으나 당시 궁궐에서도 윷놀이하며 즐겼던 것으로 짐작된다.

윷에 대해 잠시 살펴보면 광대싸리나무 두 줄기를 갈라서 네 개로 만드는데, 이것을 윷[柶]이라고 하며 길이는 세 치쯤(약 9㎝) 된다. 콩처럼 작게 만들기도 한다. 윷판에 동그라미 29개를 그리고 두 사람이 마주 보고 던지는데, 각기 네 개의 말을 사용한다. 섣달그믐과 설날에 윷을 던져 새해의 길흉을 점친다. 점치는 방법은 64괘와 짝을 지어 각기 점괘가 있는데, 모두 세 번 던진다.

윷판은 대개 네모 안에 대각선들을 그어 만든 것이다. 그러나 윷판의 원래 모습은 원형이 아닐까 생각된다. 그 이유는 우리나라 고대의 선사문화 유적인 암각화에는 윷판들이 있는데 모두 구멍들을 둥그렇게 열을 지어 파놓았기 때문이다. 윷판의 둘레가 'o'모양, 안쪽이 '+'모양인 것은 하늘이 둥글고 땅은 네모나다는 천원지방(天圓地方)의 우주 구조를 윷판에 부여한 것이라 해석된다. 윷이 네 개인 것은 땅의 수를, 윷을 던져 나오는 행마가 다섯 가지인 것은 하늘의 수를 나타낸다. 이익도 윷판의 짜임새에 대해서 음양설에 입각하여 다음과 같이 언급하고 있다.

밖이 둥근 것은 하늘을 상징함이요, 안이 모난 것은 땅을 상징함이며, 중앙에 있는 것은 추성(樞星)을 상징함이요, 사방에 벌여 놓은 것은 28숙(宿)를 상징한 것이다. (…) 말은 꼭

네 필로 함은 사시를 상징한 것이고, 윷은 둥근 나무 두 토막을 쪼개어 대통처럼 네 개로 만들어, 엎어지게도 하고 자빠지게도 함은 음양(陰陽)을 상징한 것이다. 네 개란 수는 땅에 해당한 수요, 다섯 개란 수는 하늘에 해당한 수인 것이다. 두 사람이 서로 마주 앉아 내기하면서 던지는데, 고농승(高農勝)이란 산협 농사가 잘된다는 것이고, 오농승(汚農勝)이란 해안 농사가 잘된다는 것이다. 그리고 반드시 세시에 윷놀이하는 것은 그해의 풍흉을 미리 징험할 수 있기 때문이다.

<이익, 『성호사설』권4, 만물문>

윷판의 생김새에 따라 둥근 것은 하늘로 모난 것은 땅을 상징하고, 네 개의 윷은 땅과 음을 상징하고 윷을 던져 나오는 다섯 가지 수는 하늘과 양을 상징한다. 이처럼 왕실 여성들도 윷놀이를 그해의 풍·흉년을 점치는 점복의 도구로도 사용했음을 알 수 있다. 또한 윷놀이는 남녀노소 모두가 오락으로 함께 즐길 수 있는 민속으로 오늘날까지 전해지고 있다.

2장
처마 밑에 달빛이 머물다

    풍경이 바람결에 댕그랑 소리 내며 그네를 탔다. 대웅전 담장 아래 화려한 꽃잎을 달고 있는 꽃이 잠시 걸음을 멈추어달라고 한다. 매발톱꽃이다. 진분홍 꽃잎 안에 하얀 꽃잎 다섯을 피우며 노랑 꽃밥을 달고 있다. 통줄기에 잎자루가 길고 작은 잎은 쐐기형이다. 꽃잎 뒤쪽에 있는 '꽃뿔'이라고 하는 꿀주머니가 매의 발톱처럼 안으로 굽은 모양이라서 '매발톱꽃'이라는 이름을 가졌다. 꽃말은 '솔직함'이라는데 거짓 없는 맑은 마음이 초록 꽃대에 붉은 홍조로 피어난 것이 아닐까.

    왕실 한글편지는 솔직한 심정을 가감 없이 토로하는 왕실 사람들의 인간적인 모습을 고스란히 담고 있다. 편지를 쓰는 사람은 그가 처한 상황과 심리상태를 나름대로 정리한 후 구체적으로 형상화하여 편지를 쓴다. 이때 편지를 쓰는 이는 자신이 전달하고자 하는 내용을 본인의 사상과 관념을 동원하여 표현함으로써 편지를 받는 사람의 감동을 끌어낸다.

    왕실 사람들은 어쩔 수 없이 직·간접적으로 정치적 문제와 관련될 수밖에 없지만, 그들에게도 평범한 일상이 존재했다. 그들 역시 사랑하는 사람들끼리 오순도순 밥 한 끼를 함께 먹으며 그다지 중요하지 않은 일상의 대화를 나누는 것이 더 행복할 때가 있었다.

1. 왕관의 무게를 잠시 내려놓고

딸바보라도 좋다

공주는 왕의 딸로 태어나 궁궐에서 금지옥엽으로 귀여움을 독차지하면서 자랐다. 특히 왕은 왕자에게는 유독 엄격하였지만 공주 앞에서는 그저 딸을 사랑하는 아버지로 변한다. 딸바보로 잘 알려진 효종은 특히 셋째딸 숙명공주를 유독 사랑했다. 어느 날 궁궐 밖으로 시집간 공주들이 궁에 들어와 노리개를 모두 가져간 일이 있었다. 그런데 눈에 넣어도 아프지 않았던 딸 숙명공주가 그 자리에 없었던 것을 효종이 알게 되었다. 그래서 효종은 부랴부랴 숙명공주에게 편지를 써서 보낸다.

어제 네 형(숙은 공주)은 (몸에) 찰 노리개를 숙휘의 몫까지 많이 가지되 네 몫은 없으니 너는 그사이만 하여도 아주 애먼 일이 많으니 애달파 적노라. 네 몫의 것은 아무 악을 쓸지라도 부디 다 찾아라.

<숙명신한첩1, 1652~1659, 효종(아버지) → 숙명공주(딸)>

숙안공주가 전날 궁궐로 들어와 숙휘공주의 몫까지 노리개를 많이 챙겨 가는 바람에 숙명공주에게 돌아갈 것이 없었다. 왕은 딸에게 언니에게 악을 써서라도 자신의 몫을 찾으라는 내용을 적어 보낸다. 엄숙한 왕의 모습보다는 딸을 무척 사랑하는 아버지의 모습이다. 효종은 모든 공주에게 다정다감한 아버지는 아니었다. 다른 공주가 잘못하면 호되게 야단을 쳤지만 유독 숙명공주에게는 한없이 너그러웠다. 고양이를 무척 좋아하는 딸을 혼내다가도 혹여 감기에 걸리지 않았는지, 아프면 약을 꼭 챙겨 먹으라고 하는 아버지였다. 그러니 숙안공주가 노리개를 다 챙겨 가 버리자 숙명공주가 찰 노리개가 없다는 것을 알았으니 효종이 가만히 있었겠는가.

그 아버지에 그 아들이라고 했던가. 효종의 아들 현종 또한 딸을 애지중지했다. 현종에게는 명선·명혜·명안공주가 있었지만 1673년에 천연두를 앓고 있던 명선공주와 명혜공주를 3개월 간격으로 모두 잃었다. 현종이 딸에게 남긴 편지는 3건으로 모두 막내딸인 명안공주(1667~1687)에게 보낸 것이다. 편지 모두는 현종이 승하한 해인 1674년 이전에 작성된 것이다. 현종은 어린 딸을 보러 가고자 하였으나 몸이 좋지 않아 가지 못하게 되었다. 이에 아버지는 행여 딸이 서운해할까 봐 병이 나으면 곧바로 가겠다며 어린 딸을 달래주기 위해 편지를 먼저 보낸다. 또한 떨어져 있는 딸이 보고 싶어 다시 만나기를 고대하기도 한다. 아버지는 딸과 함께 즐겁게 시간을 보내지만, 다시 아버지의 품을 떠나 공주가 처소로 돌아가자 섭섭하고 무료해진다. 부모가 딸을 생각하고 그리워하듯 딸도 부모를 생각하는지 묻기도 한다. 그러면서 추운 날씨에 바람을 막아 줄 수 있는 잘 만든 병풍을 보내주며 따뜻하게 놀기를 바라는 인자한 아버지였다.

조선시대 역사상 딸바보 아버지는 효종과 현종만이 아니었다. 영조가 하나뿐인 아들 사도세자를 미워해 뒤주에 가둬 죽게 하였던 사건은 누구나 알고 있는 사실이다. 그런 영조였지만 딸들은 예외였다. 영조는 여러 딸 중에서도 화평옹주를 끔찍하게 사랑했다. 화평옹주가 결혼할 때 살 집으로 능원대군의 옛집인 이현궁을 수리하게 하여 조정이 시끄러웠다. 게다가 집을 수리하기 위해 경복궁의 소나무를 베어 쓰도록 하거나 예물이 화려하고 풍성했다. 그렇게 애지중지한 딸을 시집을 보냈지만 22살의 나이로 세상을 떠나자, 영조는 딸의 죽음에 눈물을 흘리고 가슴을 치며 다섯 번씩이나 친히 조문했다.

어머니 왕비 역시 딸을 사랑하는 마음은 아버지 왕만큼이나 컸다. 인선왕후(효종비)는 시집간 딸들과 죽는 날까지 편지를 주고받으며 필요한 것들을 챙겨주거나 자주 딸들을 궁궐로 들어오게 하여 함께 지낼 정도로 가깝게 지냈다. 순원왕후(순조비)도 딸을 사랑하는 마음이 인선왕후보다 더했으면 더했지, 모자라지 않았다. 덕온공주가 혼례 시 순원왕후가 공주에게 준 혼수발기에 노리개, 단추, 장식끈, 댕기, 비녀, 경대, 빗 등

온갖 장신구가 들어 있었다. 덕온공주가 결혼한 후에도 병약한 공주를 궁궐로 들어오게 하여 직접 치료할 정도로 딸을 애지중지했다. 그도 그럴 것이 당시 순원왕후 곁에는 막내딸 덕온공주밖에 없었다. 1남 3녀를 두었지만, 효명세자가 이른 나이에 세상을 떠났고, 두 딸 명온공주, 복온공주도 연달아 잃고, 지아비 순조마저 순원왕후 곁을 영영 떠났다. 그러니 막내딸 덕온공주의 혼수품이며 딸의 건강에 얼마나 관심이 컸을까.

그러나 인간만사 새옹지마라고 했던가. 어머니의 사랑을 듬뿍 받았던 덕온공주도 스물셋 나이로 그만 세상을 떠나고 말았다.

그래도 나의 어머니이시다

명성왕후(현종비) 청풍김씨는 대동법을 주장한 김육의 손녀이자 아버지 김우명과 어머니 은진송씨 사이에 태어나 효종 2년(1651)에 세자빈이 되었다. 현종이 왕이 되어 자신도 왕후가 되었지만, 시어머니 인선대비와 시할머니 자의대비가 있었기에 왕후의 권한을 누리지 못했다. 그러다가 현종이 1674년에 승하하자 아들 숙종이 14세의 나이로 즉위하게 된다. 숙종이 나이가 어려 대비가 된 명성왕후가 수렴청정을 할 수 있었지만, 실질적으로 자의대비가 살아 있었다. 명성왕후는 세력이 없는 자의대비에게 수렴청정을 맡기기보다는 친정 세력으로 정치에 관여하는 편이 낫다고 생각했다.

명성왕후는 외척을 이용하여 인평대군의 아들들을 제거하여 종친의 힘을 약화하려고 했다. 명성왕후는 왕권을 위협할 정도로 성장한 삼복 형제를 제거해야만 숙종뿐 아니라 자신의 안위도 지킬 수 있다고 생각하였다. 왕후에게 종친은 왕권을 위협하는 요소일 뿐이었다. 그래서 복평군 형제가 궁녀들과 간통한 일을 끄집어내어 그와 관련된 사실을 친정아버지 김우명이 숙종에게 상소문을 올리도록 하였다. 숙종은 사건과 관련된 복창군과 복평군 그리고 궁녀를 의금부에 잡아들였지만 승복하지 않자 곧 풀어주었다.

다음날 숙종은 이 문제를 조정 대신들과 논의하고자 할 때 문짝 안에서 여인의 울음소리가 나 보니 명성대비가 있었다. 조정 대신들이 모인 자리에 명성대비가 복평군 형제와 궁녀의 간통 사건을 공론화시켰다. 하지만 여성의 금지 구역인 곳에서 예고도 없이 대비가 나서서 일단락된 사건을 다시 끄집어내는 행위에 대해 숙종과 대신들은 거부반응을 보였다.

숙종은 복창군과 복평군을 다시 대궐로 들어오도록 하여 청나라에 사은사로 보내면서 명성대비와 상반된 길을 선택했다. 숙종은 왕권의 정당성을 확보하고 정국의 안정을 위해 복창군 형제의 역할이 필요했다. 하지만 명성대비는 왕위를 위협하는 존재인 복창군 형제를 제거해야만 했다. 숙종과 명성대비의 갈등은 편지에서도 나타난다.

밤사이 평안하시었습니까? 나가실 때 "내일 들어오십시
오" 하였더니 해창위(사위)를 만나 못 떠나 하십니까? 아무
리 섭섭하시더라도 내일 부디 들어오십시오.

<명안어필12, 1680~1683, 숙종(아들) → 명성대비(어머니)>

숙종은 어머니가 동생의 집에 간다는 소식에 달려와 다음
날 궁궐로 들어오시라고 말하였다. 하지만 다음날 어머니가 돌
아오지 않자 아들은 어머니가 서운한 마음이 풀리지 않아 오
지 않는 걸로 생각하였다. 숙종은 이에 편지를 써서 내일은 꼭
들어오시라며 어머니의 노여운 마음을 조금이나마 풀어드리
려고 하였다. 편지에는 둘 사이의 문제나 상황을 언급하지 않
아 구체적으로 알 수 없다. 당시 숙종의 첫째 부인 인경왕후 김
씨(1680년 10월 26일)가 천연두를 앓다가 세상을 떠났다. 숙종은
왕비가 죽자 평소 눈여겨보던 장옥정을 품었다. 그러나 어머니
명성대비는 아들의 앞길을 막는다며 장옥정을 궁궐 밖으로 내
쫓았다. 여러 가지로 상반된 길을 선택했던 아들과 어머니는
결국 어머니가 딸의 집으로 행차해 버리는 사태까지 이르렀
다. 이에 아들은 어머니가 하루빨리 노여움을 풀고 궁궐로 돌
아오길 바라는 마음을 편지에 담아 보낸 것이다

어느 부모가 자식을 이길 수 있을까. 어머니는 자신보다 아
들이 먼저였다. 아들의 정사를 도와줄 송시열이 조정에 들어
오지 않으려고 하자 어머니는 아들을 위해 손수 편지를 적어

송시열에게 보냈다. 명성왕후가 인평대군의 세 아들을 제거하고자 한 일과 확고하게 조정에 들어오지 않으려는 송시열을 설득시켜 숙종의 곁에 있어 주길 바라는 마음은 아들의 안위를 위해서다. 명성왕후는 궁궐에 들어와 시아버지 효종이 자신의 입지를 다지기 위해 세력들과 연합하거나 다툼을 하는 것을 보았고, 남편 현종이 즉위한 후 두 차례의 예송논쟁을 지켜보았다. 왕권과 신권의 다툼에서 때로는 왕의 자리가 위태로울 수 있다고 느꼈을 것이다. 14세의 아들이 왕의 자리에 올랐지만, 왕권을 노리는 무리가 있을 수 있다. 어머니는 아들을 지킬 수 있는 것을 다 하고자 하였다. 하지만 어머니가 아들을 지키기 위한 마음과 그로 인해 행한 일들이 오히려 아들에게는 어머니의 지나친 간섭으로 여겼던 것으로 보인다.

반면 정조는 할아버지 영조와 외가 식구들에 의해 죽임을 당한 아버지를 직접 목격한 왕이다. 정조의 어머니 혜경궁홍씨는 열 살에 세자빈이 되어 궁궐에 들어왔지만, 남편이 뒤주에 갇혀 죽는 것을 멀리서 지켜볼 수밖에 없었다. 영조가 사도세자를 뒤주에 가두는 날 혜경궁홍씨도 친정으로 쫓겨났다. 영조는 세자가 죽자 왕세자의 호를 회복시키고 혜경궁홍씨를 다시 궁궐로 들어오게 하였다. 혜경궁홍씨는 한 명뿐인 아들 산을 효장세자의 양자로 삼아 왕통을 잇겠다는 영조의 명령에 그저 눈물만 삼킬 수밖에 없었다. 혜경궁홍씨는 영조의 성정(性情)을 잘 알기에 아들마저 잃을 수 없었다. 오직 아들이 왕위를 하루속히 잇기를 희망하였다.

　정조가 즉위하자마자 아버지 사도세자를 죽음으로 몰고 간 혜경궁홍씨의 작은 아버지 홍인한을 사사(賜死)하고 고모인 화완옹주의 양자인 정후겸을 귀양 보냈다. 또한 정순왕후의 동생 김귀주를 숙청하고 어머니 홍씨의 간곡한 청으로 홍봉한 만은 평민으로 만드는 것으로 상황을 일단락 지었다. 혜경궁 홍씨의 친정아버지 홍봉한은 사도세자가 죽어가고 있을 때도 오히려 영조를 동조하는 태도였고, 세손이 효장세자의 아들로 입적되었을 때도 왕으로 즉위 될까 봐 긴장한 인물이었다. 정조는 사도세자의 죽음이 어머니 홍씨의 친정과 노론이 관련되었다고 생각하여 홍씨의 친정과 노론벽파세력을 제거했다.

　그간의 정황을 살펴보면 홍봉한이 정조를 폐위시키고 이복동생 은언군을 추대하려다 사직당한 바 있었고, 홍인한은 정조의 세손 지위를 박탈하기 위해 광분하기도 했다. 홍낙임도 정조를 암살하고 이복동생 은전군을 추대하기 위해 역모를 일으킨 사건에 가담한 바 있었다. 이들이 보여준 행보는 사도세자의 죽음에 홍씨 가문이 깊이 연관되어 있었음을 방증하는 것이다. 그런데도 혜경궁홍씨는 10년에 걸쳐 쓴 네 편의 작품을 묶은 『한중록』에서 아버지 홍봉한과 친정 가문을 신원(伸冤)시키고자 하였다.

　정조는 이들을 제거한 후 1789년에 사도세자의 무덤을 이장하였다. 정조는 즉위 초부터 사도세자의 묘를 이장할 뜻을 가졌으나, 너무 신중한 나머지 세월만 끌어오다가 화평옹주의 남편 금성위 박명원이 영우원 터가 좋지 않다는 상소에 천장하기로 한다. 정조는 3개월 뒤 수원 화산으로 사도세자의 묘를 이장하고 원의 이름을 '현륭'이라고 하였다. 즉위 초부터 아버지의 묘를 이장하려고 했던 정조는 박명원의 상소에 힘입어 빠른 속도로 이장을 시행했다. 이는 아버지를 위한 좋은 자리를 마련하여 모시고 싶어 하는 정조의 지극한 효심의 발로이다. 그랬기에 아들 정조는 아버지 사도세자의 묘를 이장하기 위해 너무 애쓰다 몸까지 상하게 되었다. 이에 어머니는 아들이 걱정되고 마음이 아팠다. 어머니로서 해 줄 수 있는 것이라곤 영의정 채제공에게 일이 잘 마무리되도록 도와달라는 편지를 보내는 것뿐이었다.

아들 또한 1795년에 환갑이 된 어머니를 모시고 사도세자의 무덤이 있는 수원으로 행차하였다. 어린 나이에 아버지의 죽음을 목격하고 오랜 시간 동안 마음속에만 간직한 아버지에 대한 그리움과 효를 수원에서 풀어냈다.

정조는 아버지의 죽음을 직접 목격하였고 할아버지 영조의 눈 밖에 나지 않기 위해 숨죽이며 살았다. 왕이 되어 방치되어 있던 아버지의 무덤을 수원으로 옮기고 자신이 꿈꾸었던 세상을 수원에서 펼치고자 했던 정조! 정조가 오랫동안 살았더라면 한 나라의 역사가 또 다르게 흘러가지 않았을까. 그런 생각 한 조각이 바람에 스치듯 다가온 5월 어느 날, 수원으로 길을 나섰다.

강한 햇살 아래 수원화성을 걷고 걸으며 그가 꿈꾸었던 세상을 상상했다. 그 속에 청년 다산 정약용도 있었다. 군졸들의 쉼터 하나도 소홀하지 않았던 그들과 수많은 사람의 손길이 모여 만들어진 수원화성에서 한참을 있었다. 그리고 어둠이 오기 전에 화성행궁을 찾았다.

1795년(정조 19), 화성행궁 내 봉수당(奉壽堂)에서 정조는 어머니의 회갑연을 열었다. 봉수당은 본래 장남헌이었지만 혜경궁홍씨의 회갑연을 계기로 봉수당으로 이름을 바꿨다. 봉수당은 혜경궁홍씨의 장수를 기원하며 '만년의 수를 받들어 빈다'라는 뜻을 지녔다. 현재 봉수당은 사람들이 쉽게 볼 수 있도록 봉수당 내부에 정조가 화성행궁 행차 시 신하를 접견하고 쉬던 장소를 연출해 놓았다. 원래는 유여택에서 진행되었다. 그리고 정조대왕 처소를 연출해 놓은 공간 바로 옆에 1795년 정조가 회갑연을 맞이한 어머니 혜경궁홍씨에게 예를 갖추며 축하를 드리는 모습 또한 연출해 놓았다.

그날 그들은 어떤 심정이었을까. 지아비를 잃고 아들마저 내놓으며 살았던 어머니, 어린 나이에 아버지의 죽음을 목격하고 수많은 시간을 숨죽이며 살았던 아들, 둘은 기쁘면서도 가슴 한구석이 아려오지 않았을까. 둘이 오래도록 행복하게 살았더라면 좋았을 텐데…. 마당 한가운데로 저무는 햇살 한 줌이 깔리는 시간, 하늘이 야속하다는 생각이 드는 것은 왜일까.

사위 사랑

누구에게나 꿈이 있다. 한 세상을 사내대장부답게 당당하게 살고 싶었던 사람이 있었다. 세상을 한 번 호령하며 살리라 결심했던 그 남자는 어느 날 자기 뜻과 상관없이 공주의 남편이 되어 있었다. 그 남자의 마음을 공주의 부모도 모를 리 없었나 보다.

> 상감께서 정승이 오래지 아니하여 나가시게 하였으니, 부마는 그저 저렇게 풀어 놓고 가시면 글도 못 배우고 어이없을 것이니, 남 아닌 사이고 하니 부디 권진선께 맡기고 가시되, 진선께도 소청을 단단히 하시고 부마에게도 아주 단단히 당부하고 가옵소서 하신다 하고 내 말로 적으라 하신다.
>
> <숙명신한첩19, 1657, 인선왕후(어머니) → 숙명공주(딸)>

왕과 왕비는 사위의 글공부와 학문에 관심이 컸다. 숙명공주의 시아버지 심지원이 1657년 청나라에 동지겸사은사로 가게 되자 효종이 부마의 글공부를 걱정하는 모습이다. 부마 심익현(沈翼顯, 1641~1683)이 아버지가 없는 사이 글공부를 등한시할까 봐 학문이 뛰어난 권시(權諰, 1604~1672)에게 맡기고 가라는 내용이다. 이때 왕후는 효종이 전하는 말을 편지로 적은 것이라고 한다.

사서 한 질과 고사 한 질, 공안 한 질을 보내니 부마 주거
라. 공안에는 괴이하고 망측한 책이 포함되어 있다. 다만 한
가할 때 햇볕에 쬐거라.

<선조어필21, 1603, 선조(아버지) → 정숙옹주(딸)>

선조가 정숙옹주의 남편 동양위 신익성에게 책을 보내주
었다. 선조는 경전과 역사서뿐만 아니라 괴이하고 망측한 내
용이 들어있는 공안류의 책도 보냈다. 그러면서 시간이 날 때
책을 햇볕에 쬐라고 당부한다. 선조는 왜 사위에게 책을 보내
주었을까. 그리고 왕과 왕비의 사랑과 관심을 받았던 왕의 사
위들은 과연 행복했을까.

조선 중기 이후부터 사대부 가문의 자제는 부마에 간택되
는 것을 꺼렸다. 왜냐하면 부마는 뛰어난 학식과 재능을 가지
고 있더라도 과거를 응시할 수 없었고, 훌륭한 정치인도 될 수
없었기 때문이다. 그런 까닭에 장인과 장모 즉 왕과 왕비가 부
마를 위로하기 위해 큰 저택을 지어주고 재산을 하사했다.

동양위 글씨는 영롱한 상계(上쎄)집의 남자들이 열거한 것
같고 금양위 글씨는 청년 과부가 사흘 굶고 병든 것 같다.
이 말을 보면 글씨 품을 한 것을 알리어라.

<선조어필25, 선조(아버지) → 정숙옹주(딸)>

선조는 정숙옹주의 남편 동양위 신익성과 정안옹주의 남

편 금양위 박미의 글씨체를 보고 품평한 결과를 편지로 전한
다. 동양위는 천상계의 남자들이 열거한 것처럼 굳세고 금양
위는 과부가 사흘 굶고 병든 것처럼 약하다며 품평 결과를 사
위에게 보여주라고 한다. 선조는 두 사위에게 글씨를 쓰게 하
고 글씨에 대한 평가를 한 것이다.

사림정치가 무르익던 선조 연간에는 왕실의 혼인 역시 사
림파 가문과 이루어졌다. 선조는 딸들을 당대 최고 사림파 출
신의 자제와 혼인시켜, 훗날 영창대군을 보호해 달라는 유훈
을 부마들에게 남기기도 했다. 선조 대부터 본격적으로 사림
정치가 이루어졌던 만큼 부마들은 척신으로 간주하여 정치에
참여하지 못했다.

신익성은 신흠의 아들로 태어나 아버지처럼 과거 급제하
여 대제학을 꿈꾸던 인물이다. 그는 문장과 서예에 재능을 가
졌지만 1599년 12살 때 부마로 간택되어 자신의 꿈을 접어야
만 했다. 선조는 자주 부마들과 시문을 주고받았으며 부마들
은 자신의 재능을 문학과 예술 분야에서 발휘했다. 임인년
(1602, 선조35)에 선조 임금이 지은 7언 율시를 여러 부마에게 명
하여 화답하여 지어 올리도록 하고 호피를 하사했다는 내용이
있다. 신익성은 인목대비의 명을 받아 영창대군의 비문을 쓰
기도 했다.

한글편지에 등장하는 서인 가문 출신의 부마로 선조의 후
궁 인빈 김씨의 3녀 정숙옹주와 혼인한 신익성, 4녀 정안옹주

와 혼인한 박미가 있다. 효종의 부마로는 심익현, 정제현, 정재
륜, 원몽린이 있고 현종의 유일한 부마로 오태주가 있으며 이
들 모두 서인 가문의 자제들이었다. 외가가 한미한 선조와 적
장자가 아닌 둘째 아들인 효종은 국정 운영을 위해 자신을 지
지해줄 왕실 세력이 필요했을 것이다. 이에 자신을 도울 인물
중에서 사돈 관계를 맺어 왕권 강화에 이용하였다. 또한 왕이
부마의 글공부를 챙기기도 하고, 부마가 올린 글에 대한 상으
로 선물을 보내는 등 사위를 생각하는 마음이 각별했음을 알
수 있다.

2. 왕실 여성들은 어떻게
치료받았을까?

　　　　　인간은 생로병사의 고통에서 벗어날 수 없다. 평생 건강하게 살 수 있으면 좋겠지만 누구나 한 번쯤 크고 작은 질병을 겪으며 살아간다.

　　조선시대 왕실 여성들은 어떤 질병을 앓았으며 어떤 치료를 받았을까. 왕실 여성들은 왕실의 의료혜택을 받을 수 있었다. 조선초기는 왕실 의료기관인 내의원이 정립되었고, 조선중기는 신속한 효과와 경험 위주의 침구술이 성행하였다. 이후 중국에 의존하지 않는 독자적인 치료 방법을 찾았으며 조선후기로 들어서면서 강한 약물복용과 침구 치료보다는 면역력을 키워서 병을 예방하는 보법(補法)의 건강관리와 민간요법 및 경험방을 적극적으로 이용하였다.

　　열은 없지 않든가 싶으나 그래도 그제와 비교하면 조금일망정 나은가 싶으니 이리하여 점점 소복(蘇復)을 하면 오죽 다행이라 한다. 대변에 담이 많이 났는가 싶으니 묘리 모르는 마음에도 좋을 듯 싶어했는데, 의관도 (담이) 난 일이 좋다고 하더라 하니 더욱 기쁘다. 숙휘는 그리 매우 앓더니마

는 낮게 되니 슬슬 나아져 인후도 별로 칼칼하거나 거북한
일이 없어 평소와 같으니 기쁘다. 오늘은 날도 이러할 뿐 아
니라 아무 데도 흥미가 없어 집에 있다. 양색 청심환은 아침
에 보냈는데 갔던가 한다.

<숙명신한첩53, 1652~1674, 인선왕후(어머니) →

숙명공주(딸)>

어머니는 딸의 담이 가라앉고 인후통을 앓고 있던 다른 딸
도 건강하다는 소식에 기뻐하며 청심환을 보낸다. 어머니는
담으로 팔목이 시린 것도 참아가며 답장을 기다리고 있을 딸
을 위해 손수 편지를 썼다. 자신이 아픈 것보다 딸들의 건강을
먼저 걱정하는 어머니의 마음이 오롯이 전해진다.

편지에서 의관이 등장하는데 평소 왕실 여성들은 누구에
게 진찰을 받았을까. 왕실 여성들이 아플 때 의녀가 그들을 진

선조대왕 언간(출처: 한국학중앙연구원 장서각)

찰했다. 의녀가 진맥한 결과를 토대로 의관과 신하들이 의논하여 처방을 결정한다. 예외로 왕후의 병이 위중할 때는 시약청을 특별히 설치하여 내의원 소속 이외의 의관, 침의, 의학에 능통한 신하들을 참여시켜 함께 의논하여 치료와 투약을 결정하였다.

『조선왕조실록』에는 왕후의 질병과 치료과정이 기록되어 있다. 현종의 어머니인 인선왕후가 병이 심해지자 현종, 약방 도제조, 신하 등이 모여 치료에 대해 논의하였다. 왕후의 병명은 담화(痰火)였다. 『동의보감』에 담화의 증세를 기록한 것을 살펴보면 아래와 같다.

> 담으로 병이 갓 생겨서 가벼울 때 가래가 희멀겋고 묽으며 냄새는 별로 없고 맛은 슴슴하다. 병이 오래되면 가래가 누렇고 흐리며 걸쭉하고 뭉쳐서 뱉어도 잘 나오지 않는다. 담증의 초기에 머리가 아프고 열이 나는 것은 외감표증(外感表證) 때와 비슷하다. 오래되면 때맞추어 기침이 나는데 밤에 더 심해져서 내상음화(內傷陰火) 때와 비슷하게 된다. 담음이 팔다리 마디로 왔다 갔다 하면, 아픈 것이 풍증(風證) 때와 비슷하다.

어머니가 위급한 상황임을 직감한 현종은 내반원에 명하여 시약청을 설치하도록 하였다. 하지만 어머니의 병세가 더욱 심해졌다. 그러자 약방에서 왕실의 친족인 창성군이 직접

대비의 맥을 살펴보면 좋을 것 같다고 현종에게 건의하였다. 그런데 이때 진맥을 내의원이 아닌 친족인 창성군이 진찰하였다는 점이 특이하다.

현종은 어머니의 병환이 위중함에도 왜 의관에게 직접 진찰을 요구하지 않았을까? 『조선왕조실록』에서 이를 짐작할 수 있는 부분이 있다. 숙종 때 이조판서 박세채가 왕대비의 병환을 의녀의 말만 믿지 말고 직접 의관이 왕대비를 진찰하도록 왕에게 건의하였다. 그러나 숙종은 어머니의 병이 위중한데도 전례가 없다는 이유로 이를 허락하지 않았다. 영화나 사극 드라마에서 보는 것처럼 의원이 직접 왕후를 진맥한 것이 아니라는 것이다. 그런 까닭에 왕실 여성의 진료를 내의원 소속의 의녀가 담당하였기에 정확한 진단명과 치료 방법의 한계가 있었다.

내 딸을 살릴 수만 있다면

17세기까지 천연두와 각종 전염병이 유행하였다. 전염병은 감염된 환자뿐 아니라 함께 사는 가족과 부근의 사람들에게 짧은 시일 내 급속하게 병이 퍼져나가는 무서운 질병이다. 전염병이 발생하면 사람 간의 전염력이 높고 짧은 기간 내에 목숨을 잃은 경우가 많았다. 당시 조선은 전염병에 대한 치료제가 거의 없었다. 전염병이 일정 지역에서 발생하면 급속도로 전국적으로 퍼져나갔고 궁궐 역시 전염병으로부터 안전하지 못했다.

> 편지 보고 잘 있으니 기쁘다. 옹주는 천만뜻밖에 저리 시
> 작하였으니 (…) 내일 보아야 알겠다. 특별히 다른 증세는 없
> 다. 출입을 금하므로 안팎으로 통하지 못한다. 네 동생의 집
> 에서 무슨 전할 말이 있거든 다 너를 통하여 바로 서계하여
> 들여보내라 하여라. 집이 가까오니 이르노라. 어려워 말라
> 하라. 이 편지 도로 들여보내라.
>
> <선조어필11, 1603, 선조(아버지) → 정숙옹주(딸)>

> 옹주를 내가 날마다 가보고 허준과 의논하였다. 내가 보
> 니 아무래도 의심 없으니 걱정하지 않았으면 한다.
>
> <선조어필31, 1603, 선조(아버지) → 정숙옹주(딸)>

선조는 아들 광해군에게 냉정한 아버지였지만 딸들에게는
인자한 아버지였다. 1603년 11월, 정안옹주가 천연두에 걸리
자 선조는 옹주의 상태를 직접 살폈다. 궁궐 밖에서 동생의 병
을 걱정하고 있는 정숙옹주에게 병의 차도를 알려주면서 안심
시키기도 했다. 당시의 상황을 살펴보면, 정안옹주가 천연두
에 걸리자 제일 먼저 출입을 통제하여 사람들의 접근을 막았
다. 이는 전염병이 전국에 돌고 있었기에 사람 간의 접촉을 최
소화했다는 것을 알 수 있다. 병의 초기 증상은 미미하다가 점
점 피부에 검고 붉은 것이 돋고 누렇게 변하며 피부 곳곳으로

퍼져나갔다. 이때부터 피부 발진 이외 열이 나기 시작한다.

아버지는 딸의 병세를 살피기 위해 하루에도 몇 번씩 딸에게 가서 증상을 꼼꼼하게 살폈다. 그는 손수 딸의 상태를 매일 살피면서 증상에 따라 바로 치료할 수 있도록 의관과 의녀를 항시 대령시켰다. 그리고 의원 허준과 딸의 치료 방법에 대해 의논하면서도 딸이 병을 잘 이겨낼 것이라고 굳게 믿었다. 딸을 살리기 위해 애쓰는 아버지의 마음을 알았는지 병의 증상도 차츰 가라앉았다. 마침내 열도 내려 밥을 먹을 정도로 딸의 기력이 안정되었다. 그랬다. 아버지는 딸의 몸 상태를 매일 확인하였고 허준과 치료에 대해 의논하는 등 딸을 살리기 위해 애썼다. 선조는 한 나라의 왕이기 전에 딸을 무척 사랑하는 아버지였던 것이다.

『조선왕조실록』을 살펴보면 1603년 3월, 전라도에 전염성 열병으로 인하여 사람들이 죽어 나가는 일이 발생하였다. 조정에서는 의관에게 약을 가지고 가서 구료하게 했지만, 전염성이 너무 강했다. 병자가 있는 집은 서로 감염이 되어 짧은 기간 내에 사람들이 죽었고 약의 효과도 없었다. 그해 11월, 궁궐에서도 두역(천연두, 마마, 두질)이 번져 왕자와 왕녀가 죽었다. 이후에도 전염병은 계속 발생했다. 1671년에는 전국적으로 여역과 마마로 인해 죽어 나간 숫자가 임진왜란 때 죽은 사람보다 많았다. 당해 말에는 전염병으로 죽은 사람의 수가 1,470여 명에 달했다.

지금도 그렇지만 전염병은 꺼려야 할 것, 금기, 격리의 대상, 죽음 등 부정적 인식이 강했다. 그렇기에 궁궐 내 감염자가 발생하면 왕과 왕비를 비롯하여 왕실 사람들은 다른 곳으로 거처를 옮겼다. 그리고 감염자를 궁궐 밖으로 내보내어 물리적 거리두기를 철저히 하였다. 평상시 궁궐 내에 흉한 일이 일어나거나 계절에 따라 혹은 병이 날 때도 왕과 왕비가 거처를 옮겨가며 기거했다.

왕실 여성들은 다른 누구보다 다양한 의료혜택을 받으며 살았지만, 그들 또한 각종 질병에 시달렸고 죽음을 피할 수 없었다. 그래도 왕실 여성들은 직·간접적으로 궁궐 내에서 치료 행위를 접할 수 있었고 자신들이 직접 복용했던 약물에 대한 효과 역시 너무나 잘 알고 있었다. 대체로 왕실 여성들은 병이 빨리 회복되는 것보다 시간이 지나면 자연히 나을 거라는 믿음이 강했다. 또한 결혼해서 궁궐 밖에 사는 공주들이 아플 때 왕후들은 약물과 민간요법으로 자신의 병을 치료한 경험으로 공주의 병에도 적용하여 치료했다. 왕후들은 공주에게 약을 보내주기도 하고, 병에 걸린 공주를 궁궐로 데려와 직접 치료했다.

서양 의사에게 치료받다

글씨 보고 밤사이에 잘 잔 일 든든하며, 여기는 임금의 문

안도 아주 평안하시고, 동궁의 정황도 매우 편안하시니 축
수하며 나는 한결 같다. 오늘 일기는 춥고 차며, 충경이는
안질이 더욱 심해진 일이 염려스럽기가 헤아릴 수 없다. 아
까 양의 간을 오부 보내었는데 보았느냐? 성실하게 좀 먹여
보고 서양의 의사에게나 좀 보이면 좋겠다. 안질이 오래되
면 조심스럽다.

<명성황후49, 1882~1895, 명성황후(고모) → 민영소(조카)>

왕실에서는 왕실 친인척이 아프면 치료제를 보내거나 의
원을 보내 주곤 했다. 명성황후는 조카의 아들 충경이가 안질
로 고생한다는 소식에 양의 간을 보내 주면서 먹여보고 그래
도 낫지 않으면 서양 의사에게 진찰을 받아 보자고 하였다. 명
성황후의 편지에서 서양 의사가 처음으로 등장한다.

영국의 지리학자 이사벨라 버드 비숍의 견문기 『한국과
그 이웃 나라들』에서 이와 같은 사실이 확인된다. 비숍여사는
1895년에 명성황후의 초대를 받았다. 비숍은 당시 미국인 의
료 선교사이자 명성황후의 주치의였던 언더우드 여사를 따라
궁궐에 들어갔다. 이는 명성황후가 이미 서양 의사를 왕실 주
치의로 두었다는 것을 알 수 있는 부분이다. 하지만 유능한 의
사와 의술이 발달하더라도 질병은 늘 우리 곁에 머물고 있으
며 죽음은 항상 문 앞에서 기다리고 있다.

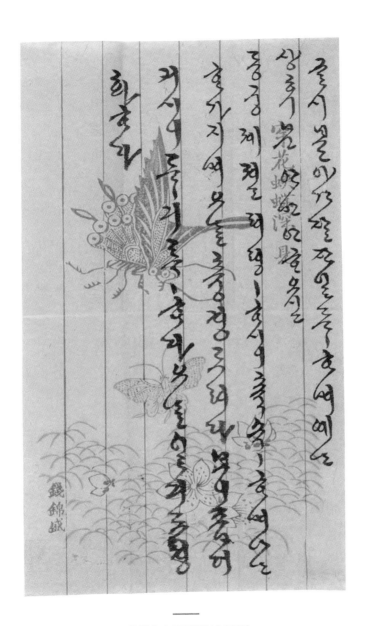

명성황후가 조카에게 보낸 편지

세종은 고려의 관습에 따라 국왕의 딸과 후궁을 다 궁주라고 불렀다면서 국왕의 딸을 공주라 불러 후궁의 작위와 구별하고자 하였다. 『경국대전』에 의하면 공주는 왕비의 몸에서 난 딸이고 옹주는 후궁의 몸에서 난 딸이다. 그리고 세자빈의 몸에서 난 딸을 군주, 세자의 부실에게 난 딸을 현주라 하였다.

왕의 딸들인 공주와 옹주는 품계가 없는 무품계이다. 공주는 결혼하기 전에 일정한 나이가 되면 작위를 받아 공주로 책봉된다. 공주로 봉작되면 재산과 노비 등을 받았으며 결혼을 하더라도 봉작받은 지위와 경제적 혜택은 사망 때까지 유지되었다.

3. 죽음을 대하는 왕실 사람들의 방식

　　살아있는 것은 반드시 소멸하는 것이 만물의 이치인 것처럼 인간 역시 세상에 태어나면 죽음을 피할 수 없다. 왕실 사람들이 죽음을 어떻게 받아들였는가에 대해 공적인 기록에서는 법도와 절차에 따른 내용만 보일 뿐 죽음을 대하는 인간의 내면을 알 수 없지만 편지에서는 이 부분을 살펴볼 수 있다.

세상사 하룻밤 꿈이구나

　　한글편지에 나타나는 죽음은 부모 형제와 자식, 가까운 친척, 남편이나 자식을 잃은 딸 등 다양하다. 인목대비는 광해군에 의해 어린 아들뿐만 아니라 아버지와 형제를 잃고 십여 년의 세월 동안 서궁에 갇혀 있으면서 부형(父兄)의 원수를 갚고자 하였다. 인목대비의 편지는 어린 아들을 잃은 슬픔보다는 부형의 죽음이 더한 것으로 나타내고 있다. 자기 아들이 장차 조정의 분란의 싹이 되어 결국 친정의 멸문지화로 이어진 것이다. 먼 훗날 인조가 왕위를 오르는 데 결정적인 역할을 했던 인목대비는 지아비인 선조의 죽음도 어린 자식의 죽음도 아닌 친정 부모와 형제의 죽음이 평생의 한이 되었다.

자식 잃은 부모의 마음을 '참척(慘慽)'이라 한다. '참혹한 슬픔'이라는 이 말은 표현할 수 없을 정도의 슬픔과 아픔이다. 왕실의 여성으로 두 번이나 수렴청정하여 천하를 호령했던 순원대비는 그다지 행복하지 않았다. 그녀는 적장자 효명세자를 낳고 그 세자가 대리청정까지 하는 걸 보았고 지아비 순조와 세 명의 딸들과 행복한 나날을 보냈다. 그러다 효명세자가 1830년 21세 나이로 갑자기 죽고, 2년 뒤 두 딸 명온공주와 복온공주도 후사를 두지 못하고 죽었다. 설상가상 순조도 1834년 세상을 떠나고 말았다. 몇 년 사이에 남편과 아들 그리고 딸들을 잃은 순원대비에게는 오로지 막내딸 덕온공주만 남았다.

> 내가 이번에 당한 바는 지극히 원통함이 매일 모르고 살기가 소원이나 이렇게 살아 있으니 하늘이 어찌 내게 이리 박하신가. 무슨 죄인지 알지 못하겠네.

<순원어필2-1, 1844, 순원왕후(재종누나) → 김흥근(재종동생)>

덕온공주의 장례 기간에 순원왕후가 재종동생에게 편지 한 장을 보낸다. 덕온공주는 헌종 10년(1844) 5월 24일에 갑작스럽게 세상을 떠났다. 당시 헌종의 둘째 부인을 뽑는 간택 자리에 참석했다가 점심으로 먹었던 비빔밥이 체하여 그날 저녁에 숨

을 거두었다. 둘째 아이를 임신 중이었던 공주는 숨을 거두기 직전 아이를 낳았지만, 그 아이도 바로 죽었다. 유일하게 남아 있었던 딸까지 저세상으로 먼저 보내는 어머니의 심정은 심장을 칼로 도려내는 것보다 더했으면 더했지, 덜하지 않았다.

덕온공주는 1837년 혼인 후 1839년에 첫째 딸을 낳았다. 당시 아기의 건강이 좋지 않았던지 순원왕후는 "아기가 매우 민망한가 싶으니 갑갑하여 승지께서 나오셔서 보시고 약이나 의논이라도 해 보고 싶다. 어찌하면 좋을고, 갑갑하다"라며 편지를 보냈다. 어머니의 안타까운 마음과 달리 아기는 그 생명을 다하지 못하고 죽었다. 아기를 잃었던 딸이 다시 임신하여 곧 출산을 앞두었던 탓에 딸의 죽음은 커다란 충격이었다.

남편과 자식들이 하나둘씩 저세상으로 가 버리고 유일하게 자신 곁에 있었던 딸을 온갖 정성과 사랑으로 키워 혼인시켰다. 딸이 아프면 궁으로 데려와 병을 치료하였고, 그 딸이 드디어 임신까지 했다. 그런데 갑자기 딸이 죽었다고 한다. 딸의 죽음은 순원왕후에게 커다란 고통과 한이 되었다. 설상가상 순원왕후는 몇 년 뒤에 손자(헌종)의 죽음까지 겪게 된다.

날이 갈수록 심신이 안정치 못하며 우리 순조와 익종의 혈맥이 끊어졌으니 선대왕이 지극히 인자하신 성덕이 있으셨는데 저 푸른 하늘이 차마 어찌 이렇듯 천리가 있는가? 도무지 내 죄가 매우 중하여 이처럼 고약한 나만 살리시고 차마, 차마 감당하지 못할 화고를 내리니 내가 어찌하여 지

난해에 죽지 못하였던가. 목석같은 명을 끊지 못하고 명이
붙어 있으니 (…) 갑오화변은 지금 생각하면 그때 어째서 서
러워하였던가 싶네. 오라버니께서야 누군들 우습게 본 이
가 있을까 본가? 그러하니 믿는 데가 있더니 지금을 당하여
서는 누를 힘이 없으니 조정 일이 무슨 꼴이 될지 모르겠으
니 나는 죽고만 싶네. 어질어질하여 이만 그치니 짐작하여
보게. 이 편지 태워버리게.

<순원봉서33-12, 1850, 순원왕후(재종누나) →
김흥근(재종동생)>

위의 편지는 순원왕후가 남편 순조와 효명세자, 세 명의 공
주, 손자 헌종까지 잃은 후에 쓴 것이다. 당시 왕후는 모두가
떠나버리고 혼자 살아남아 국정을 이끌어 가야 하는 막중한
책임 아래 마음 놓고 슬픔을 토해낼 수가 없었다. 왕후는 자신
의 죄가 얼마나 중해서 자신만 살게 하였는지, 이럴 줄 알았으
면 손자가 죽기 전 지난해에 죽었다면 좋을 뻔했다고 말하기
까지 한다. 순조가 승하할 때의 서러움은 지금과 비교해서 아
무것도 아니었다며 앞으로 살아갈 길에 대해 막막함을 드러내
고 있다. 친정 오빠 김유근과 재종 오빠 김흥근이 살아 있었다
면 오빠들을 믿고 조정을 이끌어 가겠으나 세력이 없는 자신
의 처지를 생각하니 답답하기만 하다.

순원왕후는 수렴청정이라는 커다란 권력을 가졌지만, 자
신의 슬픔을 다독거릴 시간조차 허락되지 않았다. 그녀는 편

지에서나마 죽고만 싶다고 고백하는 인간 본연의 모습을 드러낸다. 누구에게도 들키고 싶지 않은 속마음을 풀어야 했던 왕후는 편지를 쓰면서 감정을 추스르지만 이내 왕후는 편지 끝부분에 자신의 넋두리를 쓴 편지를 태워버리라며 다시 현실의 자리를 자각한다.

이외에 친오빠의 죽음에 대하여 순원왕후가 "나는 태산같이 믿고 우러르던 오라버님(김유근)을 여의니 원통함이 끝이 없는 외에도 금옥 같으신 자질과 성품이 아까우시고 불쌍하고 원통한데 세월이 물 같아서 어느덧 장사가 가까워지니 새로이 서러운 심장이 베는 듯 뼈를 깎는 듯하니 어떠하다 형언하겠는가"라며 오빠를 잃은 동생의 마음을 전하고 있다. 왕후가 1차 수렴청정을 할 당시 오빠는 든든한 정치적 동반자였다. 그런 오빠가 죽었으니 여동생은 몸 일부가 베어나가는 고통과 큰 슬픔에 잠길 수밖에 없었다.

왕후는 "세상사가 다 하룻밤 꿈이니 제겐 들 얼마 올 일이 아니니 도무지 생각하지 말자 하여도 그는 잠깐이요 접하는 일마다 슬프지 않은 일이 없으니"라며 인생무상을 느낀다. 함께 국정을 이끌어갔던 지난 시절이 하룻밤 꿈같이 허무하고, 함께 했던 시간이 자꾸 생각나 오빠들의 죽음이 더욱 슬퍼진다며 자신의 솔직한 심정을 드러내고 있다.

왕실 여성들은 남편의 죽음보다는 친정 가족의 죽음을 더 슬퍼하고 애통해했다. 남편의 빈자리는 왕위를 계승할 자식이나 손자가 채워 주었고 자신을 도와줄 친정이 있어 궁궐 생활도 견딜 만했다. 그러나 친정 식구의 죽음은 심장이 베는 듯 뼈를 깎는 듯한 슬픔이라고 말하는 것처럼 외척은 왕후의 안위까지 직결되어 있었다.

명당을 찾아 혼백을 모셔라

왕릉은 왕과 왕비의 시신을 영원히 모시는 곳이다. 왕릉의 기본 구조는 살아생전 거주하던 궁궐과 같다. 먼저 궁궐을 짓기 위해 명당을 고르고 궁궐을 보호하기 위해 궁성을 쌓는다. 궁궐을 일과 휴식 공간으로 나누고 왕의 권위를 상징하기 위해 장엄하게 건물을 조성하듯 왕릉도 같은 과정을 거쳤다. 다만 지상의 궁궐은 산 자를 위한 양택이었고, 지하의 왕릉은 죽은 자를 위한 음택이라는 점이 다르다.

왕은 유교 예법에 따라 입관 후 5개월 만에 국장을 치렀다. 국장 기간이 긴 것은 왕릉 조성에 시간이 필요했기 때문이다. 왕릉 공사는 5,000명이 넘는 인원이 동원되는 대규모 공사로 산릉도감에서 담당했다.

효종 10년(1659) 5월 4일, 효종이 승하하자 현종은 산릉도감과 지관들을 시켜 마땅한 곳을 물색하라고 명하였다. 현종은 여러 차례 신하들과 논의를 거듭한 후 10월 29일에 영릉에 아버지의 장례를 모셨다. 하지만 그 이듬해 얼었던 땅이 풀리자 영릉 전면 난간의 지대석과 상석 연결 부위가 조금씩 꺼지고 틈이 생기기 시작했다. 장마 때는 전면의 병풍석·가석 등의 연결 부위까지 날이 갈수록 점점 틈이 생기고 말았다. 현종이 신하들에게 가서 살펴보라고 했지만, 원인이 불명확했다. 임시로 무너진 곳을 곧바로 수리했으나 겨울에 또다시 석물이 허물어져 다음 해 봄 영릉의 개수를 명하였다. 현종은 재위 15년 동안 매년 아버지의 무덤을 수리해야만 했다. 결국 현종은 1673년 영릉을 현재 여주 땅으로 옮겼다.

> 어제 대전께서 처음으로 걸어 들어오셔서 능(과 관련된) 일
> 들을 이르시거늘 자세히 들으니 그런 놀라운 일이 없는 중,
> 이제 병풍석 치마박석을 고치게 되면 성분한 것을 헐고 새
> 로이 할 일이 되니 길을 닦은 보람이 없게 되시니 그로 가없
> 구나.
>
> <숙명신한첩64, 1660, 인선왕후(어머니) --> 숙명공주(딸)>

현종이 영릉의 개보수에 대해 그간 있었던 일을 뒤늦게 어머니에게 전했다. 어머니는 그동안 조정의 일을 잘 모르고 있다가 현종이 아뢰자 그제야 영릉의 일들을 알게 된 것이다. 어머니는 아들이 남편을 좋은 자리에 모시기 위해 애쓰던 일들이 보람이 없게 되자, 말로 다 할 수 없는 감정들이 몰려와 딸에게 편지를 쓰며 울적한 마음을 달랬다.

우주 만물은 오기(五氣)의 교감과 결합으로 이루어지며 사

람도 강력한 기의 결정체로 본다. 그러므로 사람이 죽으면 다시 지중의 생기에 충분히 용해되어 후손에게 그 생기를 감응시켜야 한다. 그렇게 하는 데 필요한 것이 명당이다. 지세를 살피고 주변의 환경적 요소를 살펴 알맞은 자리에 장사를 지내는 일은 자연과의 조화를 위한 것이다. 그리고 좌향을 따지고 묘지관리를 하는 것은 시신과 자연과의 조화를 꾀하는 것이다. 왕릉과 관련하여 풍수지리는 왕실에서도 성행하였는데, 순원왕후가 헌종과 철종 대에 왕실의 정통성을 세우고 왕실의 권위를 높이고자 두 차례 천릉을 실행하였다.

철종 6년(1855) 1월 18일에 철종과 대신들이 수릉(익종), 인릉(순조), 휘경원(순조의 생모 수빈박씨) 삼위의 천봉에 대하여 논하였다. 순원왕후는 이에 앞서 철종에게 삼위에 대한 천봉을 하고자 하는 뜻을 전하고 철종도 자기 생각과 같음을 알고 이에 김흥근에게 편지를 보낸다. 조만간 조정에서 천봉하는 일에 대해 논의가 있을 테니 대신들과 한마음으로 정성을 다하여 진행될 수 있도록 부탁하였다. 가장 길한 땅을 찾아 혼백을 편안하게 모시는 것을 보고 죽어야 마음이 놓이겠다는 순원왕후는 자신의 말에 따라 삼위의 천봉을 마무리한 후 1857년에 승하하였다. 삼위의 천릉에 대한 논의는 헌종 대에서도 논의되었다.

헌종 12년(1846) 1월, 헌종이 아버지 효명세자가 묻힌 수릉을 옮겨 봉안하는 일에 대해 널리 여러 사람의 의견을 물은 후에 결정하도록 하였다. 한글편지에도 수릉의 천릉에 대한 내용이 나타난다.

(천릉까지) 남은 날이 적으니 4, 5일 날씨가 맑아 태평히 일
마치기를 바라네. 이번 상감의 효성이 마땅히 그러하시려
니와 매사에 안에서도 하시는 일이 지극히 효성스럽고 성
실하시니 감탄하고 기특하고 또 기쁜 와중에 한편으로는
돌아가신 선대왕의 초상을 생각하니 심사가 베는 듯 형언
치 못하네, 상감께서 수여하시는 일로 정청(庭請)까지 되었
다 하니 그 비답에는 어찌하셨든 여기서 두 자전(순원왕후, 신
정왕후)께서 걱정하시고 하지 말라 하시기에 아니한다 하시
면 순편하실 텐데 가서서 편지를 보고 그만두련다 하신다
니 어떠하신 성의이신지 알지 못하겠네 (…)

<순원봉서33-17, 1846, 순원왕후(재종누나) →
김흥근(재종동생)>

헌종이 옛 능소에서 새 능지까지 직접 여(轝)를 따라가려고
하자 순원왕후와 신정왕후는 무더운 날씨에 상복을 입고 종일
수여하다가 건강을 해칠까 염려하여 이를 반대하였다. 헌종
대에는 수릉의 천릉만 행해졌고 인릉과 휘경원은 철종 대에
와서야 천릉이 거행되었다. 헌종에 이루어진 수릉은 또다시
풍수지리상 좋지 않다고 하여 다시 달마동의 건원릉 좌측으로
옮겼다. 헌종의 첫 번째 천릉 당시 순원왕후는 지사들이 변변
하지 못해 민망하다고 편지에서 언급한 바가 있다. 왕실에서
도 명당을 찾아 능을 조성하는 것이 결코 쉬운 일이 아니라는

것을 알 수 있는 부분이다. 인릉은 철종 7년(1856) 2월에 헌릉의 오른편 언덕으로 천봉하는 것으로 결정하여 10월 11일에 옮겨졌다. 휘경원도 철종 6년(1855) 10월에 양주의 순강원의 오른쪽 산등성이로 옮겨졌다. 하지만 철종 14년(1863) 2월에 휘경원이 풍수가 좋지 않다며 대신들과 논의한 후 5월에 달마동으로 천봉하였다.

『경국대전』 음양과에 풍수서가 시험과목으로 들어 있을 정도로 조정에서 풍수설에 대한 지식은 기본적이었다. 풍수설이 유교의 근원지인 중국에서 이론화되었고, 이기설과 음양오행설을 바탕으로 하는 만큼 배불숭유 정책을 내세웠던 조선에서 풍수설은 보편적인 진리로 널리 백성들 사이에 침투되고 실천되었다. 조선후기로 갈수록 묏자리 소송 문제가 빈번하게 발생하였다. 순원왕후 역시 대왕대비의 자리에 있었고 수렴청정을 한 바 있었지만, 묏자리에 둘러싼 일에 휩싸인 적이 있었다.

어찌 일가 중에서 치순 씨가 근거 없는 말로 감히 왕기가 있다고 하며 이것이 왕의 능 자리로 돌아본 곳으로서 능소(陵所)도 유의하며 혹 참말도 하였다 하니, 어느 때에 유의하고 참망하였다 하던가? 나는 듣지 못하였으니, 그런 맹랑한 말을 하여 사람을 속이며 듣는 사람이 모골이 송연하다고 하니, 그런 말을 경솔하게 하니 그런 도리가 어디 있을까 본가? 처음에 이렇게 정하지 않았을 때 말을 하거나 하지, 이제 다 된 일에 이렇게 하니 무엇이 어떠하기에 못한다고 다

일백 권에 쓴다 한들

시 임금께 아뢴다는 말인가? 남이라도 이런 때에 박절하게
못 할 것인데 하물며 일가 중에서 이러하기는 뜻밖이니 그
런 인정이 있는가? 나로 말할 것 같으면, 딸이 아무리 귀한
들 왕릉 운운하고 참망하던 데를 쓰라고 할 리가 없으니 생
각해보게. (…) 내 뜻은 결단코 더 가깝고 좋은 데가 있다 해
도 쓰지 않고 여기에 쓸 것이니 장사를 지낸 후에 파내든 어
떻게 하든 하라고 하게. 또 내가 자네들이 가르쳤다고 하는
것이 아니라, 처음에 와서 이러한 말을 내거든 어찌 두 번이
나 팔아 우리 집터가 된 것 외에도 이러한 때에 어찌 사람의
도리로 못하겠다고 할까 보냐 하고 엄히 하였으면 이렇지
않았을 텐데 자네들 생각도 그렇지 않게 대답하였기에 이
리하는 것이니 (…)

<순원어필2-1, 1844, 순원왕후(재종누나) → 김흥근(재종동생)>

안동김씨 가문에서 덕온공주의 묏자리에 대하여 왕기가
있어서 공주의 묘를 쓸 수 없다고 반대하는 의견이 제기되었
다. 순원왕후는 마지막 혈육인 막내딸 덕온공주를 잃은 것도
슬픈데 묏자리를 처음에 정할 때는 말을 하지 않다가 다 된 일
에 남이 아닌 안동김씨 가문에서 반대하자 분개하였다. 그러
면서 더 좋은 곳이 있더라도 이곳에서 장사를 지낼 것이며 후
에 파내든지 하라면서 이런 말이 처음 나왔을 때 제대로 대응
하지 못한 김흥근과 측근들에게 서운함을 표출하였다.

묏자리에 관한 내용은 명성황후가 민영소에게 보낸 편지
에서도 확인된다.

예관의 묏자리로 적당한 땅을 계획대로 하지 못하고 왔기
에 문의하여 결정하라 하고 죄인을 조사하여 사실을 알아
보니 저의 사사로운 혐의 외에 이런 작변을 이리하니 원통
하고 분하다. 기어이 죄에 따라 처리하면 한이 풀리겠다.

<명성황후117, 1882~1895, 명성황후(고모) → 민영소(조카)>

명성황후는 예관이 묏자리로 쓰기에 적당한 땅을 계획대
로 하지 못하고 왔기에 그 원인에 대해 알아보니 죄인이 사사
로이 묘지를 쓰지 못하게 문제를 일으켰기 때문이라면서 원통
하고 분하다고 한다. 이에 대해 명성황후는 그 죄인을 죄에 따
라 처리해야만 한이 풀리겠다고 말한다.

왕릉을 조성하거나 천릉을 행할 때, 장례를 치르고 묘소를
만들 때마다 모두 좋은 곳을 골라 모시고자 하는 것이 산 자의
도리이며 예법이었다. 또한 조선의 왕후일지라도 묏자리와 관
련된 부분은 독단적으로 처리할 수 없었다. 때로는 산송문제
에 엮이게 되는 것을 순원왕후와 명성황후의 편지에서도 확인
된다. 따라서 19세기 당시 조선에서는 묏자리에 대한 문제가
심각하였음을 알 수 있다.

4. 함께 모여 지내던 일이
꿈속의 일 같구나

　　조선시대 여성은 남편 또는 아들의 신분과 지위에 따라 그 위치가 정해졌다. 인선왕후는 1649년 인조가 승하하고 효종이 즉위하면서 왕비가 되었지만, 효종이 즉위 10년 만에 승하하자 대비가 된다. 국모의 자리에 있을 때는 내명부를 관장하고 국가의 중요한 의례적 행사를 이끌었다. 고관 부인들을 챙기며 왕실 친인척들도 세심하게 신경 쓰는 등 내외적으로 바빴다. 그러나 이 모든 것을 내려놓고 보니 남편은 이미 세상을 떠났고, 딸들은 모두 결혼해서 궁궐 밖에 나가 살고 있다.

　　구중궁궐에 혼자 덩그러니 있는 자신을 보니 지나온 세월이 주마등처럼 스쳐 지나간다. 허망함인지 그리움인지 모를 마음을 어딘가에 토로해야만 했다. 권력의 암투가 벌어지는 궁궐에서 사적인 감정을 드러낼 수 없었던 그들이 선택한 것이 바로 글쓰기인데 그 중 하나가 한 인간으로서 느끼는 감정을 솔직하게 표출할 수 있는 편지였다. 인선왕후는 편지를 쓰는 동안 자신의 내면을 딸에게 진솔하게 이야기하며 심적으로 위안을 받는다.

어제오늘은 혼자 더욱 적막히 앉아 가지가지 마음도 섧고 슬픈 일이 많아 아침까지 눈물을 흘리고 있다. 대군 집 대상도 마저 지나니 어느 사이 삼 년이 다하였는가? 새로이 가슴 아파한다. 내일 들어오면 볼까 기다리고 있다.

<숙명신한첩16, 1660, 인선왕후(어머니) → 숙명공주(딸)>

여러 날이 되도록 그리 모여 지내던 일이 꿈속의 일 같아 섭섭함을 진정치 못하여 한다. 나는 대단치 아니하나 감기 기운으로 이도 아프고 거북하여 약 먹는다. 그렇지만 괜찮다.

<숙명신한첩26, 1652~1674, 인선왕후(어머니) → 숙명공주(딸)>

밤참 받아 놓으니 너희들이 생각나고 가지가지 옛일이 생각나니 한갓 속절없이 비감할 뿐이니 아무것을 먹은들 무슨 맛이 있으리. 받아 보고 내면 길상이 층들이 눈이 뚫어지게 바라보고 있다가 먹는다.

<숙명신한첩59, 1658~1674, 인선왕후(어머니) → 숙명공주(딸)>

인선왕후는 혼자 적막히 앉아 있으니 여러 가지 생각이 떠오른다. 청나라에 볼모로 있던 시절을 함께 보내던 효종과 인평대군이 없는 지금, 그동안 겪었던 여러 일을 생각하니 눈물이 나온다며 딸에게 자신의 감정을 솔직히 털어놓는다. 그러

숙명신한첩 언간(출처: 한국학중앙연구원 장서각)

면서 자식들과 함께 모여 살았던 지난날이 꿈속의 일 같아 섭섭함을 진정하지 못한다며 딸에게 하소연한다. 밤참을 받아 놓아도 자식들이 생각나서 자신은 먹지 못하고 곁에 있는 외손자들이 먹는다고 한다. 인선왕후는 외손자들이 먹는 모습을 보니 자식들이 더욱 생각난다. 외손자들을 가까이 데려와 있으면서도 자식들을 보고 싶어 하는 마음은 자식들과 함께 살았던 시절이 그리운 것이다. 그래서인지 자주 공주들이 대궐에 들어와 며칠씩 머물다 가곤 했다.

숙명공주 역시 궁궐에 들어와 며칠 동안 어머니를 위로하면서 지냈다. 그러나 숙명공주가 집으로 돌아가자 인선왕후는 "든든히 지냈는데 마저 나가니 가지가지 섭섭하고 가슴 아프고 서럽기를 어이 그치리"라며 효종과 자식들이 모두 모여 즐겁게 지내던 일이 옛일이 되니 모든 것이 서럽고 가슴 아프다며 죽고 싶다는 말까지 한다.

왕후에게 가족은 어떤 존재의 의미였을까. 여성으로서 최고의 자리인 대비까지 올랐어도 그녀가 바라는 행복은 가족들과 오손도손 사는 것이 아니었을까. 개인의 삶이 우선시되고 가족이 해체되는 시대에 직면한 오늘날, 가족에 대한 물음표를 던져본다.

아이같이 손꼽아 기다리고 있다.

인선왕후는 내명부를 책임지던 왕비의 자리를 며느리에게 물려준 후 왕실의 어른이 되었다. 그러나 시어머니인 장렬왕후가 살아 있었기에 대비로서 역할을 하지 못하는 중간적 위치였다. 뒷방으로 물러난 인선왕후는 어떻게 세월을 보냈을까.

숙명공주는 1658년에 장남 심정보를, 1659년에 차남 심정협을 낳았다. 인선왕후는 외손자를 궁에 데려와 기르면서 아이들의 건강 상태를 딸에게 편지로 알려주었다. "움둥이 같이 들어 엎드려 있는 아이를 갑작스레 나가게 하여 일찍 바람 쐬게 해서 저런가 싶다"라고 하거나 "가상이는 다 나았으니 오늘 아비 오거든 보이려 한다"라는 내용이 있다.

> 가상이는 아침부터 떡 달라고 하고 심술이 피었으니 갑작스럽게 떡 하느라 들이쳤으니 이런 변이 없어 웃는다. 음식 가짓수를 손꼽아 세며 내라 하고 보챈다.
>
> <숙명신한첩38, 1658~1674, 인선왕후(어머니) → 숙명공주(딸)>

외손자가 아침부터 떡을 달라며 심술을 부리고 음식 가짓수를 세는 모습조차 사랑스럽다. 손자가 아프면 노심초사하기도 하고 손자의 귀여운 행동에 행복해하는 모습은 여느 할머니와 별반 다르지 않다. 이처럼 인선왕후는 일찍 남편을 잃고

숙명신한첩 언간(출처: 한국학중앙연구원 장서각)

공주들을 모두 궁 밖으로 시집을 보낸 후, 자신의 외롭고 쓸쓸
함을 달래기 위해 외손자들을 데려다 키우는 것으로 소일거리
삼았다.

　이런 부분은 인선왕후가 숙휘공주에게 보낸 편지에도 나
타나고 있다. "인상이의 오누이가 들어오니 너희를 보는 듯 든
든하였다. (…) 어제오늘은 그것들과 소일을 하고 너를 보는 것
처럼 삼고자 한다"라고 하거나 "내일 요 두 놈이 실례 숙배하
러 들어온다고 하니 경연 차리겠다"라며 인선왕후가 즐거워
하는 모습을 엿볼 수 있다.

　　가상의 형제는 잘 있는가 싶으니 기뻐한다. 가상의 말을
　　들으니 그놈의 어여쁜 모습이 보는 듯하니 언제 날이 따뜻
　　해져 데려다가 볼까 일컫는다. 볼 날이 머지않으니 아이갈

이 손꼽아 기다리고 있다.

<숙명신한첩31, 1659~1674, 인선왕후(어머니) →

숙명공주(딸)>

인선왕후는 대비로 있으면서 숙명공주의 아이들뿐만 아니라 숙휘공주의 아이들을 자주 궁궐로 데려와 무료한 시간을 달랬다는 것을 알 수 있다. 그러나 손자들이 오지 않는 날은 아이같이 손꼽아 기다리고 있다면서 어서 빨리 손주들을 궁궐로 데려와 보고자 하는 할머니의 모습이 나타난다.

노년에 쓴 인선왕후의 편지는 딸들을 모두 시집보내고 궁중에 홀로 있으면서 느끼는 고독과 슬픔을 생생하게 묘사하고 있다. 인선왕후가 손자와 시집간 딸들을 기다리는 마음을 표현한 것, 외손자를 데리고 와 같이 있고 싶다거나 딸이 궁궐에 들어올 날을 기다리는 모습 등 자식들을 그리워하는 어머니의 심정을 그대로 드러내고 있다.

친정어머니와 딸의 관계라는 특수한 상황에서 인선왕후는 소통과 교감의 편지를 쓴다. 왕후이기 전에 어머니로서 시집간 딸들을 그리워하는 인간적인 모습을 편지로 전하며, 이런 자신을 딸이 이해하고 공감해주길 바란다.

편지는 발신자와 수신자 그리고 화제 중심으로 구성되어 있다. 발신자와 수신자 사이에 공감할 수 있는 화제가 중심이 될 때 서로 간의 소통과 교감은 더욱 잘 이루어진다. 인선왕후

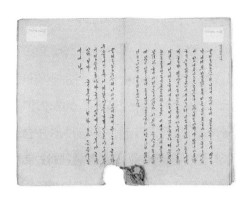

는 자신의 처지와 심정을 딸에게 토로하면서도 딸들이 겪고 있는 일들에 대해 위로를 건네고 걱정하였다.

조선시대 여성들은 마음에 고통과 짐을 껴안고 살아야 했기에 숨 쉴 수 있는 무언가를 찾아야 했다. 그것이 한글로 된 편지였다. 여성들은 편지를 쓰는 동안 현실에 놓인 자신의 처지와 상황을 역동적으로 표현함으로써 자기의 내면에 잠재된 감정과 의사를 능동적이며 적극적으로 나타낼 수 있었다.

이처럼 글쓰기는 마음을 열고 자신의 고통스러운 감정과 생각을 글로 표현함으로써 심리적 치료 효과를 볼 수 있다. 진실한 내면의 표출은 치유의 방법이자 조건이기도 했다. 자신의 내면을 누군가에게 진솔하게 이야기할 수 있고 상대방이 수용할 수 있다면 심적 고통은 서서히 치유되기 마련이다.

오랜 시간 동안 한 시대를 살아간 사람들이 남긴 편지 한편, 한 편에서 그들의 목소리와 진솔하고도 심리의 저변에 깔린 인간적인 모습을 생생하게 볼 수 있었다. 글로 다 표현할 수 없을 만큼 절실한 마음을 차곡차곡 모아두었다가 햇살과 바람이 참 좋은 어느 날에 그들이 궁궐에서 다시 만나 이야기보따리를 풀어보리라 기대해본다.

조선시대 한글편지는 왕실에서부터 서민에 이르기까지 부모·자식, 형제자매, 친척, 부부, 친구 등 다양한 사람들끼리 편지를 주고받은 것으로 편지의 행간마다 선조들이 일상생활에서 느끼는 정한과 그에 관련된 생활문화를 살펴볼 수 있다.

선조들의 편지에 나타나는 다양한 부부의 모습에서 오늘날 부부의 모습을 되새겨보았다. 또한 부모의 품에서 금지옥엽으로 자란 딸이 어느덧 부모·형제와 살았던 집을 떠나 낯선 곳으로 시집을 가게 되는 모습, 모든 것이 낯설고 불편하기만 한 시댁에서 유일하게 자신의 마음을 토로할 수 있는 수단이자 친정과 소통할 수 있는 통로로 편지가 쓰인 것도 알 수 있었다.

더구나 결혼한 여성의 편지는 무엇으로 살아가고 있는지, 왜 살아야 하며, 삶이 어떤 의미인가에 대한 본질적인 질문을 던져주고 있다. 오로지 순종과 복종만을 강요당하고, 첩을 가진 남편에 대해 시샘조차 하지 못하도록 억압한 사회에서 유일하게 숨 쉴 수 있는 역할을 한 것이 편지이다. 온갖 감정이

내면에 존재함에도 나이와 체면이라는 허위의식에 감추고 살아야만 했던 조선시대 여성들에게 편지는 삶에 대한 진솔한 토로이자 인생에 대한 재발견이었던 것이다.

한편 평범하게 살았던 여성이 하루아침에 왕비가 되거나 세자빈으로 간택되어 궁궐에 입성하게 된다. 궁궐에는 지엄한 시어른인 대비가 있고, 사랑이 아닌 정치적으로 맺어진 지아비인 왕 혹은 세자가 있다. 그리고 후궁을 비롯한 궁녀들이 자신을 예의주시하는 궁궐에서 그나마 그들을 숨 쉴 수 있게 해준 것이 바로 편지쓰기다.

궁궐에 들어온 그들은 여성으로 최고의 자리까지 올랐어도 그들은 매 순간 긴장하며 살았다. 왕비가 된 딸로 인해 세도를 누릴 수도 있었고 때론 멸문지화를 당하는 경우도 발생하였다. 반면 왕의 딸로 태어나 부족함 없이 자라던 공주들의 삶은 어땠을까? 공주는 결혼 후 왕이 마련해 준 화려하고 웅장한 저택에서 살고 막대한 경제력을 갖추며 시댁 어른들에게 사랑받으며 살았을 것만 같다. 하지만 편지에서 그들은 일찍 세상을 떠나거나 오랜 세월 동안 고독과 슬픔에 잠겨 살았던 것을 알 수 있었다.

어쨌든 왕실의 편지에는 일상생활에서 느끼는 감정과 고백이 솔직하고 구체적으로 기록되어 있다. 특히 여성 간의 주고받은 편지는 동시대를 함께 살아가는 여성으로서 허심탄회하게 일상을 공유하며 인간적인 공감대를 형성하였다. 따라서 공적인 기록에서 쉽게 살펴볼 수 없었던 왕실 여성이라는 특수한 신분에 감춰진 인간 본연의 모습을 들여다볼 수 있어 그 자료적 가치가 높다.

왕이 쓴 한글편지에도 우리가 알고 있던 왕의 이미지와는 사뭇 다른 모습이 보인다. 예컨대, 효종이 숙명공주에게 보낸 편지에는 다른 공주들이 궁궐에 들어와 노리개를 가져가자, 미처 궁궐에 들어오지 못한 숙명공주에게 제 몫의 노리개를 꼭 찾으라며 당부하는 내용이 있다. 또 다른 편지에는 고양이를 유독 좋아하는 딸을 혼내다가도 감기에 걸렸으면 약을 챙겨 먹으라고 걱정하는 다정다감한 아버지의 모습이 드러날 뿐 왕으로서 권위나 위엄을 찾아볼 수 없다.

현종 역시 아버지 효종을 이어받아 딸들을 사랑하는 인자한 아버지의 모습을 보인다. 현종이 명안공주에게 보낸 편지 중에 딸을 보고자 하였으나 몸이 편치 않아 딸에게 갈 수 없었던 정황이 드러난다. 현종이 몸이 아픈 중에도 행여 어린 딸이 아버지가 찾아오지 않아 서운해할까 봐 미리 딸에게 편지를 보내는 모습에서 자상한 아버지의 마음을 읽을 수 있다.

긴 시간 동안 조선시대 한글편지에 반영된 사람들의 삶과 문화를 이해하기 위해서 시대적 상황 및 역사적 사실과 관련지어 이야기를 풀어보고자 하였다. 그러나 한글편지의 주요 대상이 여성이기 때문에 여성과 관련된 내용이 많다. 따라서 여성의 관점에서 궁궐 안팎의 삶과 문화를 풀어낼 수밖에 없었다. 하지만 진솔하고 거침없는 그들의 목소리를 통해 베일에 가려진 당시 사람들의 참모습을 볼 수 있었다.

그들이 살았던 시간과 지금 우리가 사는 이 순간의 시간 모두 같다. 어디에 있든, 어떤 처지에 있든, 삶은 계속 흘러갈 것이다. 때로는 세상과 타협하거나 부조리에 대항하고 좌절할 수 있겠지만 나름대로 삶을 살아가는 지혜 한 스푼을 담아 휘적휘적 저어가길 바란다. 어떤 삶이 우리를 기다리고 있을지 모르지만, 이 한 권의 책이 그 물음에 조금이나마 해답을 찾아가는 실마리가 되었으면 한다.

[자료]

『조선왕조실록』

『승정원일기』

『靜一堂遺稿』, 重刊本

『宋子大全』

『燃藜室記述』

국립고궁박물관, 『국역 덕온공주가례등록』, 국립고궁박물관, 2017.

국립청주박물관, 『조선왕실의 한글편지, 숙명신한첩』, 국립청주박물관, 2011.

국립한글박물관, 『1837년 가을 어느 혼례날 덕온공주 한글자료』, 국립한글박물관, 2016.

＿＿＿＿＿＿, 「정조어필한글편지첩」, 『소장자료총서』 1, 국립한글박물관, 2016.

김일근, 『언간의 연구』, 건국대학교출판부, 1986.

백두현, 「현풍곽씨언간주해」, 태학사, 2004.

성남문화원, 『國譯 靜一堂遺稿』, 성남문화원, 1998.

이기대, 『명성황후 편지글』, 다운샘, 2007.

이승희, 『순원왕후의 한글편지』, 푸른역사, 2010.

조항범, 『註解 순천김씨묘출토간찰』, 태학사, 1998.

추사박물관, 『추사가 보낸 편지』, 2014.

한국중앙연구원 편, 『조선후기 한글 간찰(언간)의 역주 1』, 태학사, 2005.

_____,『전주이씨 덕천군파 종택 한글 간찰 외(조선후기 한글 간찰(언간)의 역주연구 7)』, 태학사, 2009.

_____,『대전 안동권씨 유회당가 한글 간찰 외(조선후기 한글 간찰(언간)의 역주연구 8)』, 태학사, 2009.

_____,『광산김씨 가문 한글 간찰(조선후기 한글간찰(언간)의 역 주연구 9)』, 태학사, 2009.

황문환·임치균 외 엮음,『조선시대 한글편지 판독자료집』1·2·3, 역락, 2013.

[단행본]

고려대학교민족문화연구소,『한국민속대관 일상생활·의식주』2, 고대민 족문화연구소 출판부, 1980.

사진실,『공연문화의 전통』, 태학사, 2002.

신명호,『조선 왕실의 의례와 생활 궁중문화』, 돌베개, 2014.

이사벨라 버드 비숍 지음, 이인화 옮김,『한국과 그 이웃나라들』, 살림, 2008.

정창권,『한국 고전여성소설의 재발견』, 지식산업사, 2002.

혜경궁홍씨 지음, 정병설 옮김,『한중록』, 문학동네, 2018.

[논문]

김용경,「명안어서첩 소재 언간에 대하여」,『한말연구』9, 한말연구학회, 2001.

노경자,「강정일당의 척독에 나타난 특징과 삶의 의미 고찰」,『국학연구』 32, 한국국학진흥원, 2017.

_____,「17세기 한글편지를 통해 본 왕실 여성들의 삶과 문화-『숙명신한 첩』을 중심으로-」,『민족문화』51, 한국고전번역원, 2018.

_____,「한글편지에 반영된 왕실 여성의 정치 참여와 욕망 - 순원왕후와

명성황후를 중심으로」, 부산대학교 박사학위논문, 2020.

      , 「한글편지로 본 공주들의 삶에 대한 고찰」, 『국학연구』 45, 한국국학진흥원, 2021.

정창권, 「조선조 궁중여성의 소설문화」, 『여성문학연구』 11, 한국여성문학학회, 2004.

저자 소개

노경자

부산대학교에서 조선시대 왕실 한글편지 연구로 문학박사학위를 받았다. 현재 부산대학교
에서 연구와 강의를 하고 있다. ≪현대수필≫로 등단하여 문학 활동을 하고 있으며 글쓰기
공동체 백년어서원에서 계간지 <백년어>를 만들고 있다. 지은 책으로 『세상 밖의 세상』, 『살
아보니 콩닥콩닥』, 『별뉘처럼 오신 당신』 등이 있고, 정과정문학상, 윤선도문학상 등을 수상
했다. 주요 논문으로 「한글편지에 반영된 왕실 여성의 정치 참여와 욕망」, 「17세기 한글편지
를 통해 본 왕실 여성들의 삶과 문화」, 「한글편지로 본 공주들의 삶에 대한 고찰」, 「한글편지
로 본 조선후기 양반사대부의 관직 생활과 가족」 등이 있다. 활자와 노는 것을 좋아하며 가끔
멍 때리기를 즐긴다. 인생의 반 바퀴를 돌고서야 제대로 내면을 들여다볼 수 있게 되었다.

조선시대 한글편지 에세이

일백 권에 쓴다 한들

초판 1쇄 인쇄 2023년 11월 6일
초판 1쇄 발행 2023년 11월 20일

지 은 이   노경자
펴 낸 이   이대현

책임편집   이태곤
편   집   권분옥 임애정 강윤경
디 자 인   안혜진 최선주 이경진
기획/마케팅 박태훈 안현진

펴 낸 곳   도서출판 역락
주   소   서울시 서초구 동광로46길 6-6 문창빌딩 2층 (우06589)
전   화   02-3409-2055(대표), 2058(영업), 2060(편집) FAX 02-3409-2059
이 메 일   youkrack@hanmail.net
홈페이지   www.youkrackbooks.com
등   록   1999년 4월 19일 제303-2002-000014호

ISBN 979-11-6742-597-3 03810

*정가는 뒤표지에 있습니다.
*잘못된 책은 바꿔 드립니다.

이 도서는 한국출판문화산업진흥원의 '2023년 우수출판콘텐츠 제작 지원'사업 선정작입니다.